LA CÁRCEL

DOUGLAS BURGOS

DB Publishing
DB Business LLC
Maryland, United States
dbbusiness.com

DB Publishing es una división de DB Business LLC. El nombre DB Publishing y el logo son marcas registradas de DB Business LLC.

Primerea Edición: Junio 2021

El editor no es responsable por páginas web (o sus contenidos), que no son propiedad del editor.

ISBN: 978-1-7369987-0-0 (hc) / 978-1-7369987-1-7 (pb) / 978-1-7369987-2-4 (digital)

Impresión 1, 2021

Impreso en los Estados Unidos de América.

PARA DJ

La irrealidad es el sol de los espejos. Para reflejarse en ellos, debes ser luz.

AGRADECIMIENTOS

A los ángeles de mis caminos.

LA CÁRCEL

El Universo es el lugar de la imaginación donde existe la vida. Vivirla, es el error necesario, de la otra realidad.

CAPÍTULO 1

Planeta Tierra: lugar donde sueña sin lugares la vida, mientras sus huellas andan vestidas del pensamiento.

Hace parte de los enésimos puntos que tejen la compleja red del Universo. Es una de las mínimas burbujas que habitan en un rincón de la inmensidad del espacio sideral; contiene fuerzas y energías, que conducen el ritmo cambiante de sus elementos y criaturas: las vivientes. En su silencioso frío espacial, sólo calla...

Alrededor e inmediatamente después de la Tierra, está la bendita Luna; eterna mirada del espacio, y culpable de sendos desvelos.

Durante el año humano —en su plateado

misterio—, manifiesta que algo sucede a través de sus distintas estaciones. Afecta todo cuanto existe —dentro y sobre la faz de la tierra—, pero hemos sido: ciegos, sordos y mudos, ante el paso de su místico lenguaje.

Kilómetros de distancias nos separan del Sol. Astro reluciente que encierra en su lugar uno de los tantos misterios de la vida; sus dimensiones respecto a la tierra y la luna son mayores, en masa y gravedad.

Y dándole vuelta al sol con ese séquito de reflexiones, ¡estaba Mulé! Quien amaneció pensando que el sol era sólo un minúsculo átomo del complejo Cosmos, y que, a su alrededor, giraban partículas —combinadas—, haciendo honor «a la ley de la valencia...».

Que viajaban en una sola dirección —en n-dimensiones— y, al no-tiempo, en dirección a otra dimensión... La Nada. Y todo ello, tan sólo por un propósito: llevar consigo un fuerte equilibrio..., ¡la Vida!

CAPÍTULO 2

Ese día tuvo todos los colores: los perceptibles e imperceptibles. Todos venían viajando desde un horizonte de eterna lejanía para arribar a sus sentidos, carentes de materia y despojos terrenales.

El Sol se vistió de palabras que tiñeron su consciencia de luz boreal, siendo autopista de conocimiento, libre de contaminación.

La Tierra era su cuna y el viento danzaba con su soledad, en tanto, que, de un suspiro infinito iba a la otra realidad; a esa que, entre tantas: al no-tiempo…, ¡vivía!

Las horas de la mañana corrieron en fila india a su muerte lenta dejando en cada segundo una estela de presagio, que avisaba: la muerte y la resurrección de su vida, a ¡la existencia!

Cuando entró la noche —en lo profundo del silencio—, se halló en el túnel que conduce al lago de la consciencia. Allí, conoció la verdad en la que habita la irrealidad humana, y derramó sus pensamientos sobre una hoja de cristal... En un tiempo futuro.

CAPÍTULO 3

Cuando quiso amanecer, Mulé, ya se hallaba absorto en la lejanía. Corría como un niño detrás del vuelo de unos alcatraces que surcaban el lejano horizonte del cielo azuloso: ¡tal si tuviera alas!, ¡como si quisiera volar! Después, aterrizó sus miradas sobre el mar de la aurora; el que rugía en suave y tensa calma, como el latir de su corazón.

Eyón, era su isla del encanto donde tiempo atrás había llegado por razones del destino. Agreste, salvaje y encallada en la lejanía de un mar que rodeaba sus hermosos paisajes, guardaba profundos e incontables secretos... ¡Perfectos para el olvido!

El día en que llegó a ese fantástico lugar fue como salir, de donde estaba, para volver en sí mismo. La brisa era helada e incontenible y sin distingos de raza o de color: penetraba los poros, calaba los huesos y seducía el débil latir de los corazones solos.

Cuando el viento cumplió su misión se fue a otro lugar, y el mar, en sincronía con él, fue apaciguando sus olas mientras el manto de la noche —lentamente—, cubría sus ojos..., llenos de sueño y melancolía.

"¡Hola!" ..., le dijo el día.

Y en tanto, en el horizonte, el sol acariciaba la lejanía, en el silencio una voz susurró a sus oídos, diciendo:

"¡Despierta! ¡Disfruta mi regalo!"

Acostado en una cama doble de la vieja cabaña, ubicada frente al mar, sus ojos inquietos buscaban la claridad que se metía a través del caballete de la palma.

El contraste natural del piso de tablas, las paredes de tablones y unos postes de mangles retorcidos —que hacían las veces de columnas—, no eran su mejor decoración ni alardeaban de suntuosidad; pero a pesar de ser pequeña, la hacían acogedoramente mágica.

De pronto sintió el olor de la vida respirando el aroma de la sal del mar, mientras, a lo lejos, escuchaba el aullar de unos perros callejeros que ladraban incesantes por sus peloteras de siempre.

Al ladrido de los perros también se sumó el canto del gallo rojizo y pescuezo pelado de los vecinos. Su entonar engreído avisaba que el tic-tac de su reloj biológico estaba en sincronía con la salida del sol, con la naturaleza misma.

Entre oscuro y claro de un impulso se levantó de la cama para abrir la puerta, pero esta —chillando de alegría—, rompió el silencio al sentirse liberada de la cerradura que la ataba al marco de madera, empotrado en la pared.

Luego, respiró profundo al sentir el aire fresco que venía del mar. Miró el cielo despejado de nubes, y atónito, contempló el obsequio del fantástico panorama de sus estrellas lejanas.

La luna resplandecía sobre su rostro, extasiado, en la alegría y la sumisión. Con su brillo dejaba un espejo sobre las calmadas y dormidas aguas del océano; como viéndose a sí misma, contemplando su majestuosidad; enamorada del mar, como hablándole..., ¡de su intocable distancia!

Y siguiendo el tono inquebrantable del gallo fue caminando despacio hasta la cerca de palos, que dividía, una cabaña de la otra. Dirigió la mirada hasta la punta de un palo de totumo, y ahí estaba el puñetero gallo junto a todas sus hembras...: ¡las gallinas!

Allí era donde por las tardes solían subir a través de una escalera enclenque, para recogerse y dormir.

Pero más se demoró: ¡él, en mirar..., que el condenado gallo…, en tirarse del totumo! Y con la fuerza de un gladiador se lanzó hasta la arena del patio, sacó el pecho, y sacudiendo las alas contra sus flacuchentos costados, dejó en claro..., ¡que mandaba en el corral!

Seguidamente, las gallinas se tiraron del árbol y sacudieron sus plumajes para comparecer ante el macho del gallinero, cumpliendo, así, con sus respectivos deberes —a los que les daban rienda suelta, con sus polvos mañaneros—.

Como preámbulo al día el sol despuntó con ahínco para despertar a la naturaleza animal y vegetal, a sus diarias labores.

CAPÍTULO 4

Concretado el ritual del gallinero y sus tropeles, un aroma de café recién bajado del fogón se vino: desde el caldero de los vecinos, hasta su nariz; desbocando sus antojos de él.

En esa cabaña residía una pareja de esposos, quienes, por habitarla, no pagaban arriendo y en contraprestación podían tener crías de animales para ayudarse con el sustento diario.

Al rato, la vecina se asomó a través de la cerca y, al divisarlo, dijo:

"¡Buenos días, vecino! Aquí le traigo una taza de café recién hecho, para que se entone."

Por adivinarle el pensamiento le dio las gracias, pero ella, con un gesto de humildad, replicó:

"Bueno..., sé que está recién llegado y no

conoce nada por acá, por eso, quiero que sepa, que cuenta con nosotros ¡para lo que sea!... ¡Si se le antoja algo?, no tenga pena; ¡díganos!, que aquí..., ¡nos gusta servir!

Si necesita: sal, cebolla, ajo, o el poquito de arroz... ¡Fresco!, lo que tenemos, podemos compartirlo con usted."

Mientras tomaba el delicioso café que le brindara, continuó:

"Ney, mi esposo, ahora está dormido, pero pronto se levanta porque tiene que ir a trabajar a la capital. Trabaja todo el día: con sol o con lluvias; con salud o sin ella..., porque ¡si no?, ¡lo despiden del trabajo!... ¡Lo muerde la perra!, como decimos por acá."

Y con una risa desprevenida, replicó:

"Yo, soy Teresa —como la de Calcuta, la santa—, y me dedico a los quehaceres de la casa para ayudarle a Ney: lavo, cocino, trapeo, y al tiempo estoy pendiente de un hijito que tenemos... ¡Mandela!

¿Cómo le parece?, el muy sin vergüenza, ¡todavía!... ¡Ni camina! Se la pasa todo el santo día jugando en la arena del patio, con los animales de corral, y una bola de plástico que le regalamos en Navidad: ¡a ese..., sí le gusta el fútbol! Cuando despierte, se lo presento."

En el momento se escuchó una voz que la llamaba desde la habitación y, afanada, agregó:

"Vecino, voy a ver qué quiere mi marido.

Hablamos más tarde... ¡¡¡Bienvenido!!!"

Mientras ella, se alejaba, él, bebía sorbo a sorbo el café que con tanto cariño le brindó.

Teresa era alta, delgada y del color del ébano. Entre blancos, nomás tenía sus dientes —entregados a la desidia de sus caries—, y el color que bordeaba el iris negro de sus ojos tristes. Su piel se deshollejaba como escamas por el ambiente salado del mar, por la brisa cotidiana.

Sus ropas viejas —medio arregladas—, estaban lejos de las suntuosas modas de las pasarelas de Milán, París y New York; pero bien alcanzaban a tapar sus encantos de mujer fuerte, ardiente, de figura dura…, ¡de ocultos deseos!...

Después de tomar el café, Mulé, prendió un fogón de la destartalada estufa —que funcionaba con cilindros de gas domiciliario—, y fritó unas tajadas de plátano verde. En una cacerola tiznada de rebeldía agregó un picadillo de ajo, cebolla, tomates y unos huevos batidos e hizo el popular: revoltillo —como le decían los isleños—.

Mientras desayunaba agradecía a la vida por la oportunidad de un nuevo día y, a ese lugar..., por recibirlo con los brazos abiertos… Sin preguntas.

Después organizó las cosas de la vieja cabaña, la que sería, sin saber, el lugar donde conocería la irrealidad: ¡el verdadero drama de la vida!

Al rato, escuchó la voz de la vecina montada sobre una pregunta:

"¿Vecino, está por ahí?"

Al responderle, exclamó:

"¡Vea, lo que le traje!"

Y levantando su mano derecha sobre la cerca de palos le dio otra tasa, repleta, de chocolate caliente. De inmediato le manifestó que tantas molestias lo ahogaban en la pena. Y soltando una risa, con nobleza, insistió:

"¡No le pare bolas!... Aquí, no nos complicamos la vida. Si ya desayunó, ¡qué importa?; guárdelo para después. Recuerde, que: ¡hay que comer, para cuando no halla!

Por la tarde lo calienta nuevamente, le echa unos pedazos de queso, bolillos de pan de sal, y se los come. ¡Vea!... ¡Esa, sí es cosa buena! Así queda solucionado el último golpe del día. ¿Mañana?... ¡Ah! ..., ¡ese, si es otro cantar! ¿Sí o no? ..."

Siendo amigo de su conversación casual, Mulé, le manifestó, que evidentemente cada día traía sus propios afanes. Pero al preguntarle por su esposo —con gestos en su boca y la cien fruncida—, respondió:

"¡Al pobre, le toca duro! Los años de trabajo le robaron su juventud, tal, si hubiera, nacido sin tiempo. Tanto así, que, sólo lo vemos: al dormir o al despertar; cuando va, o viene del camello.

Pero bueno..., ¡qué se le va a hacer! Esa fue la vida que heredamos de nuestros ancestros, como, si estudiar... ¡No fuese nuestro destino!"

Y una ligera lágrima se escurrió por su mejilla como si estuviera conectada con el llanto de su hijo, quien, de inmediato, gritó en la habitación. Como una gacela corrió desesperada para evitarle un posible chichón en la cabeza, por si se tiraba de la cama.

Pero en cuestión de minutos lo trajo en brazos para que lo conociera. Evidentemente, tenía dos años y era de piel negra, ombligo pronunciado, nariz chata, ojos oscuros, labios leporinos, y no caminaba ni hablaba bien. Se notaba pálido y rociado de languidez como consecuencia del abandono.

Al presentarle a Mandela, lo dejó jugando en el suelo, y aclaró:

"Mire... La cosa por aquí es algo dura. A veces, los nativos la pasamos ¡muy mal! En vacaciones es que los turistas nos componen la situación, porque les vendemos: pescado —con arroz de coco—, patacones, cocteles de camarón, ostras, cervezas y ron. De esa forma es que ganamos algo, pero..., no es mucho.

Con penas y sin glorias, así, es que se vive en Eyón: ¡del turismo pobre!... Cuando no hay turismo empieza la gente a parir, a pelar cable como la hormiga, y a pasar filo porque no hay más fuentes de trabajo.

¡Tenga mucho cuidado, cuando vaya a salir de aquí! Vea por donde se mete y anda —mientras la gente lo conoce—, ya que..., no se puede andar como si nada y, mucho menos, ¡mirando pajaritos preñados!

Por aquí hay gente buena, pero..., también, hay muy buenos rateros y si les da papaya... ¡¡¡Ay, madre mía!!!..., ¡hasta con la luz del día, lo atracan! Pero es más peligroso, por las noches. ¡¡Ojo!!... ¡Ande con el ojo abierto, vecino!"

Seguidamente, añadió:

"Pero no hace falta quien haga uno que otro favor, y quienes, a veces, los niegan. A la vuelta de la esquina hay una tienda popular donde venden cosas baratas, y hasta le pueden fiar, para que les vaya pagando poco a poco. Así, hacemos nosotros."

Para rematar, con una risa pícara, le advirtió:

"¡Ah! ¡Y no se vaya a asustar! Por aquí, hay una negra loca que desde temprano vende pescados y todos los días viene con sus algarabías, alborotando a todo el mundo. Es muy cariñosa, y de paso: ¡vulgar y mamagallista! Así, que..., ¡prepárese!

Como su marido es pescador, venden los pescados recién sacados del mar y a buen precio. Es más, viven muy cerca de acá —como..., a cuatro cuadras—.

¡Vecino!, ¡tengo que atender mi cocina! Voy a ver, qué hago de almuerzo hoy."

Dirigiéndose a su cocina dejó al hijo jugando sobre la arena del patio, entre los animales de cría, y su inocencia.

CAPÍTULO 5

Extasiado en el paisaje de su nueva vida y sentado sobre un taburete de cuero de vaca que estaba recostado a un horcón de la cabaña, los ojos de Mulé, parpadeaban lentamente al ruido de las olas y al resplandor del impetuoso sol del mediodía. Sin duda, la distancia azulosa, era propicia para contemplar al cielo, ¡besando al mar!...

Pero el gallo de Teresa no lo dejaba tranquilo ni un minuto. Lo sacó del sueño —por cantar sus tardecitas—, mientras, la brisa marina, estrellaba la arena de la playa contra su rostro.

Hasta ese momento transcurrieron varias horas —sin imágenes—, que fueron negadas, a la memoria de sus recuerdos.

A eso de las siete de la noche escuchó abrir la

puerta de palo de la cabaña donde vivía. Una voz cruda y de timbre áspero, lo llamaba:

"¡Vecino! ¿¡Podemos entrar!? Somos: ¡Ney y Teresa!, ¡los de al lado! ..."

En los brazos de Ney, venía Mandela. Tomaba un tetero de agua de arroz, estaba sin camisa, descalzo, y traía puesto un calzoncillo de color blanco sacado de la segunda guerra mundial —por tantos huecos–. De inmediato, Mulé, les hizo entrar; saludándoles, efusivamente.

Ney era un hombre de piel negra, contextura gruesa, alto y musculoso. Formado por tantos años de luchas en contra del mar, al robarle sus peces.

Entonces, recostaron sus cansados cuerpos sobre una butaca de madera que hacía parte de los enseres de la cabaña. Ya sentados sobre la vieja butaca, Teresa, dijo:

"Le comenté, a Ney, que usted estaba recién llegado al barrio y que..., lo más lógico, era venir a visitarlo."

De inmediato, Ney, agregó:

"¡Sí!, y como dijo Teresa: ¡nosotros, estamos para servirle! Somos humildes pero practicamos la honradez y el respeto por los demás; sin importar, que sean: indios, mulatos, negros o blancos. Aquí, tratamos a todos por igual: ¡con dinero, y sin él!"

Pero, Teresa, interrumpió:

"Como ve, nosotros en esta isla, somos un pueblo negrero olvidado del mundo. Descendientes de cimarrones africanos, quienes, siendo niños, nos trajeron a estas tierras cuando esto apenas era un rastrojo —con unas cuantas casitas o cambuchos—. Se vivía de otra manera, éramos más felices, y no se veía ¡lo que ahora, se está viendo por aquí!"

En esos instantes, Mandela, quien balbuceaba con incomodidad —como queriendo manifestar su percepción del momento—, ¡soltó el llanto!... Teresa —arrugando la cara—, se levantó bruscamente de la butaca, diciendo:

"¡Este carajo!... ¡Está pidiendo cama! ¡¡Vámonos!!, porque el día de mañana es largo y hay que trabajar temprano. ¡Hasta mañana vecino!, ¡que tenga buena noche!"

Mientras Teresa iba tomando el rumbo de su nuevo sueño, Ney..., susurró a Mulé:

"Vecino, ¡una última cosa! No se aterrorice si a la media noche —a eso de las doce o una de la madrugada—, escucha unos pasos por los lados del patio, o dentro de la casa.

¡Por si chillan las puertas!; ¡si se caen los platos de la troja!; ¡si cacarean las gallinas y aúllan los perros!... ¡No se impresione!"

Y le abría los ojos como gato envenenado o gallina mirando sal —¡lleno de temor! —. De inmediato, a Mulé, se le erizó la piel y la cabeza se le puso del tamaño del mundo. Pero, Ney, continuó:

"Es que, por estos alrededores —en su cabaña y la nuestra—, ¡¡salen unos espantos!! Son cosas que se aparecen desde hace muchos años atrás y que nadie ha podido explicar.

Dicen, que esas vainas, son como espíritus o almas que andan penando en las noches, y vagan, sin cesar, como pagando una condena; o más bien...: ¡queriendo cobrarla, o liberarse de ella!"

Dicen los viejos, que, en la época de la esclavitud, por aquí vivió una familia africana que trabajaban como esclavos en estas tierras, y que, cierto día, intentaron escaparse de sus amos; sin contar con suerte alguna.

Como sufrían demasiado querían vivir muy lejos: como cimarrones en los montes, pero ¡libres!

Al fallar en su intento de fuga, los tiranos de sus amos —como castigo—, dieron muerte a los miembros de esa familia...: ¡a dos hermanos, a la mamá y a las mujeres de ambos!...

Después de cazarlos como animales en el monte: los amarraron, azotaron y torturaron hasta la muerte. Pero..., ¡primero!, delante de los hombres —los que ya estaban asegurados en unos cepos de tres huecos: dos para las manos y uno para la cabeza—, ¡¡violaron a las mujeres!!

Mientras los escupían y azotaban hasta el desangre, sus gotas de vida caían en la arena blanca formando un charco de crueldad. Luego, sobre sus heridas, restregaron sal con limón; y como si fuera poco, delante de sus ojos —a golpe limpio y hasta el desmayo—, ¡¡¡mataron a sus mujeres!!!

En medio de los gritos desgarradores, sin piedad alguna, los descuartizaron como a gallinas o vacas...: ¡como animales!

Desde entonces, y para siempre, esos gritos se quedaron esparcidos entre el monte de los mangles, el viento, el cielo y el mar; como testigos de sus vidas sin valor y del horror de esas barbaries, que les dio un final... ¡Cobarde! ..., y ¡desgarrador!

Lo peor de todo es que no les dieron un entierro digno ni les hicieron una oración, pero, en cambio, los amos brincaban sobre sus cadáveres en medio de la euforia..., ¡burlándose, como si nada!

No covaron huecos en la arena para darles cristiana sepultura, por el contrario, los dejaron a la intemperie para que los goleros desgarraran lentamente las carnes de sus cuerpos; con sus afiladas garras, con sus puntiagudos picos.

Por eso..., desde entonces, en estos lugares salen sus espíritus todas las santas noches. ¡Penan y vagan sin consuelo alguno! ¡Lloran..., y se oyen sus gritos! Aún, después de tanto tiempo, no descansan...: como ayer, como hoy, y quizás..., ¡como mañana!"

Secándose las lágrimas de sus ojos perdidos

—con la voz traspajosa—, medio dibujó una sonrisa en sus labios gruesos y colocando su mano sobre el hombro de Mulé, replicó:

"¡Ah!... ¿¡Pero..., sabe una vaina!?: ¡no se asuste, vecino! que no le harán nada. ¡Usted parece buena gente!; es más, ¡ellos le cuidarán!

Su problema..., ¡es con sus verdugos y con la historia misma!"

Y se fue a dormir como si nada. Como acostumbrados a tan cruel pasado, a su maquillado presente, y a su errante por venir —sin presentirlos—.

Metido en la historia, Mulé, quedó atónito viendo esas imágenes de dolor tal si la irrealidad las proyectara en una pantalla inmensa —del cine actual—, frente a él.

Fue, entonces, cuando sus ojos se llenaron de estupor y lágrimas. Gota a gota —en ellas—, sus pensamientos impotentes rodaron hasta algún lugar del mar solitario y profundo; en tanto, miraba al cielo con ganas de decir mucho y, al tiempo, ¡nada!...

Lentamente una nube negra atravesó sus ojos y apabulló la luna que alumbraba su desconsuelo. Poquito a poco se adueñó de su resplandor, mientras, una silente herida, se abría en su corazón.

Esa noche no hubo más la luna, luceros, ni estrellas de oriente que marcan el sendero humano. Parecía, que, Dios, en un acto inconmensurable de olvido no les permitió alumbrar esa eterna y oscura noche; en vano los esperó hasta muy tarde, pero no se escaparon para encandilar —como antes—, ¡sus ojos!...

CAPÍTULO 6

Casi agarrando el sueño, en la memoria de Mulé, se paseaba aquel niño de miradas sinceras y penetrantes. Con su balbucear le decía que pretendía conocer este mundo, el cual, esperaba, le mostrara de otra forma; para que jamás le dolieran: el olor de sus días, ni el de sus noches.

Ya negado a los deseos de la carne como a un demonio se espantó del cuerpo, viajando en la oscuridad, a través de un túnel multidimensional que mostraba el otro estado de la realidad. Su lado perfecto, origen, o estado ideal: ¡la irrealidad!

De repente se apareció un extraño ser en su forma humana y tangible, el cual, se hacía llamar: ¡el Espíritu viajero de la noche!

Él, vestía del color de la piel eterna. Su mirada tenía la magia del irrealismo, sus ojos apuntaban en dirección a las estrellas vivas; sus cabellos dormían en los polos de esta esfera, y las facciones —en su conjunto—, viajaban a la figura del que habita en el silencio.

Sentado sobre el viento y perfumado del olor de la lejanía —pero consciente del temor de Mulé—..., sonrió, le acarició la frente y dijo:

"No busco tus oídos para guardar mis palabras, ni tus ojos, para que mires por mí... Pero tampoco..., tu boca, para que hable mis pensamientos. Sólo pretendo: ¡que tus oídos vean, lo que mis ojos escuchan! ..."

A Mulé, cabalgaban a galope sus temores sin pulso. El silencio sacudió su impaciencia, desde él, hasta sus primarios recuerdos...: ¡al lago de la existencia! Luego, el Espíritu, continuó:

"¡Sé, que sé! Yo también respiro el viento, como de tu aliento, y habito en el dolor del sufrimiento de este olvido lleno de melancolías: sufre el viento, la tierra, el mar y el fuego; porque, cerca, y al tiempo... ¡Lejos están de sí mismos!...

Entonces... ¡También he dejado huellas de sangre sobre tus largos caminos!, porque con mis pies heridos: ¡aun ando!, ¡aunque no ande!"

Después de ver sus palabras mudas, Mulé, contemplaba hasta el embeleso la bondad de aquellas miradas que lo encerraron en ¡la cárcel del silencio!

Pero, sonriendo..., aquel ser extraño, continuó:

"¡Yo, habito en el monte!...

¡Soy, de la noche: su espíritu; y del día..., sus caminos! ¡Soy hijo del sol y la luna!; ¡de un hombre y de una mujer! ¡Nací sin fechas ni horas, porque empecé a olvidar, cuando comencé a crecer!

Pero, hoy, recuerdo que recuerdo porque ¡dejé de vivir para existir! Por eso..., te digo de mí, sin detenimiento en las distancias ni el tiempo.

Recuerdo, desde el antes y el después de nacer.

Te hablaré del después, porque, el antes: es el principio..., y ¡Tú, habitas en él!

El después... ¡Son caminos de inevitable andar para todo aquel que se recuerde!"

Al despedirse, Él, se fue caminando sobre una radiante luz que esparcía la piel de la noche. Entretanto, Mulé, regresaba a sí mismo —olvidado de olvidos—, ¡despertando lentamente!...

CAPÍTULO 7

A esas horas donde su alma ya se mojaba en las frescas y tranquilas aguas del recuerdo, cada instante, lo llevó a comprender, que somos...: ¡pensamientos del olvido! —por aferrarnos a un presente, incomprendido de señales—.

De súbito, escuchó a lo lejos una voz que viajaba como por un hilo invisible a los ojos despiertos. Era el sonido de un pensamiento que manifestaba una necesidad, de apuro y desconsuelo.

Esa voz lo sustrajo bruscamente del ayer, recordándole, que todavía ¡estaba vivo y enfrente del mar!

"¡Patrón! ¡Patroncito!

¿Compra pargo rojo?

¡Le traigo la mojarra fresca, para que la frite, y se la coma con arroz con coco y patacones!

¡¡¡Patrón!!!..., ¿¡está vivo o muerto!?"

Y cortando el hilo que une la vida con la muerte consciente —el sueño biológico—, esa voz lo trajo de regreso hasta el sol mañanero y a la brisa fresca de olores marinos.

Al mirar, ¡por supuesto!, la del bullicio, era nada más y nada menos, que...: ¡Carmen!, ¡la Negra! El personaje, de quien le había hablado Teresa.

Según ella, lo llamó tantas veces, que..., al notar su silencio quiso avisar a la policía de Eyón, para comentar su supuesta borrachera o deceso.

Con un poco más de medio siglo, en su cabeza quedaban rastrojos de cabello canoso, ensortijado y quemado por el calor. Tenía frente prominente, cejas áridas, ojos del color nocturno, nariz chata, y boca grande; con labios carnosos, del color del caimito.

Su cuerpo grueso —maniatado de estatura—, sucumbía ante los idos recuerdos de sus senos ¡ignorando a la gravedad!

El tono fuerte de su voz y su carisma coloquial —a veces— hacían que la clientela comprara sus peces frescos, o más bien, sus carencias...

La Negra —como cariñosamente le apodaban—, igual que el resto de las vendedoras de peces y pescadores, vagaban sobre la piel de la arena quemada por el impetuoso sol; y sobre las costumbres de negociar, diariamente, sus necesidades: las de llenar su estómago de sabores diferentes a los del mar... ¡De su mar fiel, de su mar eterno!

Ella, comentaba, que Pedro —su esposo—, madrugaba para ir con sus amigos a echar las canoas llenas de sueños, anzuelos y atarrayas, a las heladas y tranquilas aguas del mar de la aurora.

Que acostarse en la noche previa de la pesca —para descansar sus cuerpos agotados—, era otro suplicio. Porque sus ojos llenos de ansiedad brincaban como bola de ping-pong en sus cavidades óseas; expectantes, por la venida de la mañana incierta.

Que con la bruma de la madrugada —entre oscuro y claro—, Pedro se levantaba, cogía la canoa y se adentraba en lo incierto de la naturaleza húmeda; contando con la suerte de llenar sus atarrayas y canoas, de razones, para seguir subsistiendo; para robar otros días más, a sus muertes lentas.

Mientras, él se iba, ella, se quedaba recostada en la cama del tropel —durmiendo sus miedos, un ratico más–, a la espera del tedioso día donde abundaban ¡sus peces escasos!

Con la cosecha recogida —entre ocho y nueve de la mañana—, sobre su cabeza adolorida ya llevaba un cuñete de trapo redondo, y sobre él, la ponchera, con los peces que solía vender.

¡A veces, había días en que no vendían nada! Entonces —del desespero—, regateaban el precio de sus sustentos aun cuando difirieren del valor real.

Como la carne sólo la veían por televisión, nomás compraban: arroz, granos, hortalizas y menudencias de pollo; ya que el dinero que hacían no les alcanzaba para comprar sus diarios deseos.

Al escucharla, ese día, Mulé, le dijo que le vendiera tres pargos rojos. Pero con su afilada lengua, respondió:

"¡¡¡Uyuyuy!!! ¡¡Hoy llueve para arriba, patrón!!... ¡Ja, ja, ja!"

Y soltó la carcajada como queriendo correr detrás de ella, para olvidar, por un rato, el cansancio de su cuerpo peregrino y la tirantez del cuello —producido por el peso que hacía la ponchera, sobre su cabeza—.

La ponchera de aluminio estaba hundida ¡hasta el descaro!: ¡de canto a canto y de lado a lado!; ¡por tantos golpes recibidos! ¡Por el ir y el venir! ..., ¡por el subir y el bajar!: desde la cabeza de la Negra..., hasta cualquier piso, pretil, o pedazo de bloque donde pudiera reposar —también—, su angustia y el azote del sol de los medios días.

Los pargos rojos, lebranchos, mojarras tilapias, y atunes pequeños que llevaba —a esas horas—, ya no los resucitaba ¡ni Mandrake! —el mago—. Estaban tiesos, carilargos y tenían las escamas resecas; con ojos llenos del color de la muerte, o de su trágico destino.

Sonriendo, Mulé, preguntó el motivo de su risa. Al instante, dijo:

"¡Sí!... ¡Es que pensé que compraría sólo un pescado, ¡Pero, vea! ..., ¡me está comprando tres!

¡Hoy no fue tacaño con la Negra!

Que suerte la mía (!)."

Mientras sonreía —de muela a muela y de oreja a oreja—, inconteniblemente llevaba sus facciones al extremo de la felicidad. Como desafiando el paso de los años en su rostro lozano se escabullían las indeseadas líneas, enemigas de la piel y la vanidad.

Y sin más esperas de un impulso lo abrazó, le montó un beso en la mejilla, y replicó:

"Como lo quiero mucho, si quiere..., ¡le dejo fiados estos pescados! Así, termino rápido y me voy para mi casa a hacer los tres granos de arroz del almuerzo. Después, me echaré unos p... ¡con mi marido! Porque, ¡uff!... ¡Hace días que no como huevo, patrón! ¡Ja, ja, ja!"

¡Y otra vez!, su carcajada roció unos segundos de felicidad a la inexorable calma de Mulé.

Pero él, al cabo de reír, sólo compró tres de sus pargos rojos y le recalcó vender el resto de los peces, para que comprara, lo que hiciera falta en casa.

Y con una quejumbre, respondió:

"¡Hum!... ¡Cójala suave, patrón! ¡Si los vendo ... o no ... Es la misma m ...!

Siempre seguimos viviendo en la misma ruina, entre la misma gente, y haciendo las mismas vainas.

Además, después de la pobreza...: ¿¡qué otra cosa mala, le puede suceder a un negro!?"

Al instante se aguaron sus ojos y contuvo las palabras en su corazón cansado —con un nudo en la garganta, tragaba en seco—.

Mulé, también sintió que su corazón empequeñecía; se entre cortó su respiración, y la piel se le tornó de gallina.

Ligeramente colocó la mano sobre el hombro de la Negra y le dijo que se tranquilizara, porque, algún día, cambiarían las cosas.

Pero con un gesto escéptico y brusco en la boca, ella, le recordó, que quinientos años de historia aún no les habían pasado..., ¡ni habían cambiado para ellos!

Como Mulé, asintió, ella, prosiguió:

"Pero ¿para qué lamentarse? ¡Hay que seguir luchando!... ¿Sí o no?"

Y cambiando su rostro de apariencia coloquial, abruptamente, interrumpió su relato con una expresión de afán:

"¡Ay, patrón! ¡Se me fue el día, por estar hablando cháchara! Voy a vender mis pescados porque en la casa no tenemos nevera y se me pueden dañar. Si no los vendo, me toca salarlos para ver si los compran mañana, aun cuando me los paguen mal.

Ojalá que el próximo presidente se acuerde de nosotros, ¡los pobres! Para ver si nos cambia la cosa, y así, algún día, podamos comer carne fina."

Al despedirse, le recordó:

"Mire, ¡ya me enamoré de usted! ¡Mañana vengo, para que me compre más pescados!

¡Lo dejo, blanco! ..., porque en mi casa: conmigo, o sin mí... ¡Se c ...! ¡Ja, ja, ja!"

Y desparpajadamente soltó la risa mientras colocaba en su cabeza la ponchera llena de peces, angustias, pesares, y de sueños ¡que nunca realizaría!...

No obstante, arremetió erguida contra la brisa salobre, dando pasos de gigante bíblico sobre la arena reseca; atiborrada con fragmentos de caracoles y conchas caracuchas. Asimismo, a su alrededor, se podían percibir unos cuantos...: ¡fantasmas del olvido!

Mientras se alejaba por la calle sus piernas daban pasos cortos e inseguros de dirección alguna. Sus ojos inquietos —de ave de rapiña—, buscaban a quien pudiera comprar sus angustias, y la vieja ponchera, iba esparciendo el aroma característico y nauseabundo de su sustento diario.

El vestido azulito —desteñido de misericordia—, lo mecía la brisa al vaivén de sus antojos. En tanto, que, sus chanclas remendadas —de un verde palidecido—, silenciaban el ruido de golpe característico, que hacían, sobre sus secos y rajados talones.

Detrás de ella se fueron las miradas de Mulé, al contemplar el afán de su silueta contra el sol, el viento y la arena caliente. Lentamente fue alejándose de él..., ¡de su confidente! —lleno de impotencias y de un corazón sollozo—.

En esos momentos no supo qué hacer, pensar o decir. Sus piernas no respondían al impulso de caminar porque yacía dentro y fuera de sí. Entonces, levantó la mirada al cielo azul con la pretensión de hallar respuestas a lo que quiso preguntar, pero nadie estaba ahí.

Y con un suspiro profundo, de un tirón, se arrancó del lugar donde estaba estático para dirigirse a la cotidianidad, y seguir —como la Negra—, viviendo contra el viento y la marea. Porque lo más difícil de esos momentos: ¡era el momento! ..., y de esa vida: ¡vivirla!

CAPÍTULO 8

Ese medio día quiso hacer la siesta matutina. Se dirigió hasta la habitación en busca de una hamaca que estaba guardada dentro de un baúl de madera de cedro, de los antiguos. La hamaca tenía sus años, estaba estéticamente bordada con franjas de color azul y rojo, en forma horizontal; sus extremos estaban perfectamente encabezados con hilo blanco —de seda fina—, y delicadamente enhebrados como mostrando el amor con que fue tejida por las artesanas de antaño, de un pueblo olvidado. Preñado de escases y desolación.

Con la hamaca en sus manos, agarró dos cabuyas o cáñamos y procedió a amarrarlos en los horcones de la enramada. Una vez guindada la hamaca —de canto a canto—, se acostó en ella para disfrutar la brisa cálida del mar, los rayos del caluroso sol y la 'paz' momentánea del lugar; que junto al danzar de las palmeras, lo invitaban a un placentero descanso.

De ese modo los minutos viajaron en función y a favor del imparable reloj del tiempo. Mientras caía en el sueño profundo, los hechos iban mostrándole el mejor atajo para las rutas del destino.

Con el tiempo en su contra —recordándole sus necesidades—, el reloj biológico ya andaba enamorado de las marcas y pasos, del rostro de su vejez.

A eso de las cinco de la tarde una riña de perros lo despertó bruscamente, y saltando de la hamaca, corrió hasta la puerta de la cabaña para ver lo que sucedía en la calle.

Al acercarse, los ladridos eran más fuertes —y sus razones..., ¡evidentes! —, porque una perra y cinco perros chandosos estaban en su yeré.

La perra era de color blanco y de raza criolla. Encima de ella, estaba un perro grande —de color negro—, y a su alrededor estaban los desafortunados —chandosos—, perros restantes.

El motivo de su riña era: ¡el amor!... El perro negro disfrutaba de los encantos de la perra blanca y coqueta, que, ardientemente, complacía al macho encabronado.

Como ya habían terminado sus fechorías, aún

seguían pegados o empatados por su naturaleza; pero mirando en direcciones contrarias. Mientras tanto, el resto de los perros —sin privilegios—, se peleaban ferozmente a ladridos, mordiscos y manotazos, por el segundo puesto..., por ser el siguiente.

Como la pelotera perruna estaba candente por la euforia del combate, los enamorados, para gozar de la intimidad del momento, caminaron directo por la calle hasta doblar la esquina cercana y se escondieron ¡dentro de los mangles! Lejos del tortuoso acoso de los demás perros..., que no dejaban de pelear, ni de ladrar.

"¡Ah! ¡Perros chandosos sin castas ni pedigrí!" ..., exclamó, Mulé.

"También se pelean, preocupan, luchan y matan, por los amorosos encantos de una perra alegre y sin vergüenza; que públicamente satisface sus deseos de perros, sin importarle: que se maten a colmillo limpio, por las mieles de su apetecido cariño..., de tan difícil amor."

Ahí, soltó la carcajada al ambiente al reflexionar en lo afortunados y desprevenidos que son el resto de los animales; que con sencillez y nobleza, expresan los afectos de sus emociones.

Desde el microorganismo más pequeño hasta el más grande y complejo —en función de procrear—, desvisten a la naturaleza su esencia, sin tapujos.

En el gallinero: el gallo caza a sus gallinas —y ninguna lo pelea—. En los playones: el toro, monta a la vaca, etcétera... Y los hombres, a sus mujeres —o viceversa—. Las que normalmente no entendemos a sabiendas, que: somos, viniendo de ellas.

En fin, el resto de los animales llevan una vida sencilla. En ellos, el amor busca al amor sin citas, horarios, ni fechas en el calendario; y en medio de su 'irracionalidad' llevan la vida sin tantos egos.

Cuando aprendamos más de la naturaleza, sin cambiar su curso, moriremos a nuestros orgullos y vanidades; seremos felices. De esa forma, quizás no pelearemos como perros: por cosas que se van y, por otras, que se quedan.

CAPÍTULO 9

Distraído hasta el embeleso por la corta y substanciosa escena del espontáneo cine criollo, decidió comprar unos víveres y fue hasta la tienda que Teresa le había recomendado. El dueño era don Ramiro Arbeláez, quien siempre despachaba en las horas de la mañana.

Él, era de tez blanca, nariz aguileña, cabellos monos, cejas gruesas, y sobre su boca era abundante un bigote de brocha con puntas curvadas hacia arriba —cual conde del medioevo—. Era de contextura delgada, alto, y parecía tener unos sesenta y cinco años.

Al cuidado de la tienda —por las tardes—, estaba Cristina Ayala, su esposa. En cuya piel blanca, ya rayaban los cincuenta y tantos años. Era de cabello largo —teñido de amarillo—, y en su frente pequeña se imponían dos alineadas y expresivas cejas negras; ancladas sobre el profundo puerto de sus ojos cafés. En medio de ellas, emergía su afilada nariz; de la cual, pendían, delgados y graciosos labios de rosas.

Era elegante e impecable, y en su cuerpo —de mediana estatura—, ya dejaba ver algunos kilos demás que mostraban su aparente tranquilidad o la manifestación de una disimulada vida buena.

Doña Cristina vendía unos tamales o pasteles que hacía con arroz, pollo y cerdo, bien condimentados. Además, les agregaba ajíes, pimentones, legumbres frescas de su hortaliza, y los envolvía en hojas de plátano para cocinarlos y luego venderlos.

Cuando los colocaba en el mostrador de su tienda, eran más: la moscas volando sobre ellos, que los compradores, de su gusto culinario.

De la unión entre don Pedro y doña Cristina, estaba Isabela, su hija. Con escasos dieciocho años, era quien se dedicaba a las labores de la tienda en horas de la noche; una vez llegaba del colegio y, después, de hacer sus tareas.

Isabela, tenía los ojos del color de los lejanos atardeceres que dibujaban crepúsculos de hermosura. Eran inmensos y enamorados de sus cejas gruesas y coquetas; ¡su boca era un sueño! ..., con labios carnosos y aferrados al oculto deseo de envolverlos en medio de las pasiones y la embriaguez. Su cabello —castaño oscuro—, viajaba en línea recta hasta sus caderas de ensueños, y a veces, algunas hebras, como ramilletes de lirios colgando por encima de sus hombros, dejaban ver —en medio de sí—, su pequeño ombligo de primavera...

En fin, era imposible detener a los ojos inquietos y hacer sentir autoridad a las miradas que se escapaban directo a sus encantos. Pero ella —al sentirse descubierta—, bajaba con disimulo la blusita lila, hasta su ombligo misterioso.

Siempre atendía con diligencia y ponía en sus labios una disimulada sonrisa de aprecio. Hasta el punto de entregar las cosas solicitadas, rozando con la piel de sus dedos inquietos: las distancias, de las manos sudorosas y esquivas.

¡Pero era cierto!... Mulé, nomás ¡iba por verla! Para que su rostro angelical, ahuyentara —por unos segundos prohibidos—, los fantasmas que a cada instante perturbaban sus soledades. Pero, en realidad, nunca estuvo en sus lugares.

Ella, cursaba quinto grado de bachillerato en el destartalado colegio de Eyón. A duras penas les enseñaban porque algunos maestros no iban, bien fuere: por sus mesadas atrasadas, por los paros sindicales, o porque eran insuficientes las plazas educativas creadas para tales fines —por ello, la luminaria, de su precaria educación—.

De esa manera, Isabela, cada tarde caminaba hasta la escuela para aprender de los días: sus dificultades; y de sus cátedras: las falencias de un negado conocimiento. Al que la mayoría de los niños y jóvenes de la isla no podían acceder.

Educarse era sinónimo de estar presos de las circunstancias que enrejaban sus deseos de superación. ¡No había escapatoria!: era el subsistir de una realidad incierta ante el verdugo del hambre que intentaba nutrirlos de desesperanzas y desolación...

CAPÍTULO 10

Cierta tarde estaba perdido en la noción del tiempo, cuando, entre oscuro y claro, de la nada apareció enfrente de él… ¡Un rostro enigmático!...

Su baja estatura dejaba entrever la genética de una tribu indígena, diezmada de antaño. Sobre su cabeza llevaba un viejo sombrero y su piel era del color de la canela. En su rostro ovalado, sus cejas apuntaban al cielo y sus ojos saltones —de color negro—, eran tan brillantes, como chispas que saltaban al atizar un fogón de leña, en medio de la noche. De ellos, se desprendían miradas penetrantes, cual, si fuesen..., ¡de seres de otros mundos! En su nariz achatada había rastros de acné y, su boca pequeña, era de labios medianamente delgados.

Traía puesta una camisa blanca, mangas largas —remangadas hasta los codos—, y un pantalón caqui, amarrado en la cintura con un bejuco de bajagua playonera. Estaba tan sucio y roto en los extremos —por el talonear—, que hasta parecía sacado de la guarnición de algún pelotón de fusilamiento de la primera guerra mundial.

En sus pies curtidos —de uñas honguiacientas—, traía puestas unas abarcas trenzadas con tirantes de cuero curtido, que hablaban, de sus largos caminos...

Sin preámbulos, abrió su boca, dejando salir unas palabras con tono pausado y tenebroso... Y untándolas de sentencia e interrogación, expresó:

"¿¡Ha visto al mar, el viento, la tierra y el fuego..., de la mano de Dios!?...

¡En los días venideros andará la luz mojada de oscuridad, correrá el viento sobre el mar y la tierra llorará las súplicas de sus indefensos hijos!

¡El pecado, sangrará hasta la muerte, y sólo quienes han vivido lejos de la maldad y la incredulidad..., tendrán aún, en sus cuerpos... El olor de la vida!"

Calladas sus palabras, enderezó sus miradas y se alejó lentamente; desapareciendo en la bruma, y dejando esparcido en el ambiente un olor a esperma derretida..., ¡y a flores del huerto!...

Un silencio aterrador aguijoneó de misterio la piel erizada de Mulé, quien, de inmediato... ¡Se enhieló, todito! No hubo tiempo a las preguntas ni a las respuestas, ya que las tajantes sentencias del anciano no dieron pie, sino..., ¡a un latir en desespero!

Como pudo, ¡gritó!, desde lo más profundo de sí:

"¡¡¡Teresa!!!..."

Y la brisa helada rompió la bruma nocturna para llevar su grito desesperado, hasta los oídos, de la vecina. Al escucharlo, eufórica, gritó:

"¿¡Qué pasó, vecino!?"

Y corriendo hasta la cerca con su rostro despavorido, y embadurnado de una mascarilla de huevos con pepino, preguntó:

"¡¿Está bien?!"

Con las palabras enredadas en su garganta —haciéndole un nudo de alambre púas en su interior—, con voz de trémulo, le pidió que viniera a su cabaña ¡urgentemente!

Y Como un rayo del Olimpo se apareció con Mandela, quien venía rajado de piernas, entre sus caderas; estaba desnudo, descalzo y con mocos verdes, guindado de su nariz.

Una vez sentada en la vieja butaca de palo, su confidente, procedió a contarle el suceso. Al escucharlo, titilando de miedos, exclamó:

"¡¡¡Ay, vecino!!!... ¡Ese es el diablo que anda suelto por aquí, rondando estas tierras!

¡Va a pasar algo muy feo! ¡Están sueltos los demonios!... Cuando eso sucede, dicen los viejos, ¡que algo muy malo, se avecina!

¡¡¡Ay, Dios mío!!! ¡Que Jesucristo nos ampare y favorezca!

¡¡Hay que implorar a la Virgen y, a los santos, su protección!!"

Con su hijo en brazos —al que abrazaba con instinto protector—, temblaba del terror y desasosiego.

Él, intentó calmarla. Le expresó que eso no era tan malo como ella presentía, ya que, los demonios, no pronuncian el nombre de Dios; ni se acuerdan de él.

Que más bien, debía tratarse de un profeta de los que andan vagando por la tierra, vestidos de humanos y que el mundo ¡tilda de locos!

Que eran ángeles mensajeros enviados del cielo, para que los hijos de Dios estén prevenidos y lo busquen a través del perdón, la caridad, la oración y la fe...

En el momento..., eso fue lo único que se le ocurrió decir, al verla... ¡¡Cagada del susto!!

Al escuchar sus palabras, se calmó un poco, y añadió:

"Bueno... Si usted lo dice, ¡así es! ¡Voy a hacerle caso!...

Pero de todas formas, la cosa..., ¡¡está maluca, vecino!!

Seguro que algo raro ¡pasará en la isla! ¡Que Dios y la Virgen del Carmen nos protejan!

Ya Ney, está que regresa... ¡Vamos a esperarlo afuera!", agregó.

Parqueados en la calle, esperaron a Ney. Desde la distancia lo vieron venir, con la cara, como: ¡burro con angarilla y llevando jolones!... Con el rostro desencajado y puyado se aburrimiento, de tanto trabajar.

Lo esperaron afuera porque el asombroso suceso, ¡no daba para menos! Al enterarlo del secreto, exclamó:

"¡¡Mierda!! ¡¡¡Nojoda!!!... ¡Esto es muy serio!

Hay que ir ¡ya mismo!, donde ¡Vangelina!: ¡la bruja!

Ella, es mi tía. Vive en un rancho cerca de aquí, más allá de los mangles, en la otra orilla.

Estoy seguro, que, ella, nos saca de la duda por medio de sus hechizos. Ya que lee esas cosas..., del tabaco, las cartas, el café y otras cosas raras. Esa, sí nos va a decir: ¡qué vaina, es esta?"

De inmediato, el que no tragaba entero, preguntó por ella —como dudando de sus dones—. Pero Ney, lo confirmó:

"Sí..., hace tiempo que vive sola por allá y se dedica a eso. Es más, las viejas encopetadas de la capital van en busca de sus consejos, asesorías y hechizos.

Algunas, van en busca de bebedizos o menjurjes para los maridos, y otras, para los novios o los cachones —¡los del vacile efectivo! —.

En fin, por allá desfilan muchas personalidades de la crema innata de la sociedad isleña, para saber de sus problemas y del futuro. Parece, que..., ¡la vieja!: ¡es efectiva! Le creen mucho por acá."

A esas horas la noche se tornaba tenebrosa por el denso ambiente salpicado de misterio e incredulidad. Pero, Mulé, a pesar de la desconfianza, decidió acompañarlos en su impredecible travesía hasta donde Vangelina: ¡la bruja!...

Mandela, quedó al cuidado de unos amigos suyos —quienes vivían en una casa cercana—.

CAPÍTULO 11

Con un foco de mano de tres baterías —alumbrando hasta los pecados mortales—, se fueron por un caminito estrecho hasta la casa de un amigo suyo, que era pescador. Su canoa, por su puesto, era más grande para emprender el viaje al otro lado del mar: a lo desconocido, temido, oculto y prohibido.

Con pasos ligeros que dejaban en la arena huellas enamoradas del terror —rodeados de malezas, bichos raros, y el canto lejano de un búho que azuzaba entre los árboles—, llegaron a la casa del amigo. Al tocarle la puerta, se asomó: lagañoso, adormitado e indagando por la extraña visita de esas horas.

¡El Chaya!, era su apodo de pila. Quien, a pesar de tener la piel oscura, la luna borracha, le sacaba a flote la silueta y el color blanco de sus dientes presos.

Sin hacer preguntas capciosas los condujo de regreso —a través de un atajo—, hasta la otra orilla de la playa; donde tenía encallada su vieja y alcahuete canoa.

Al abordarla, prendieron las mechas de tres mechones que estaban llenos de gas, los cuales, colocaron en cada extremo y en la mitad.

Como todo un corsario de leyendas marinas, remando de pie y en la punta de la canoa, iba el Chaya. En la mitad —alrededor del mechón—, Ney y Teresa; y en el otro extremo de la canoa se hallaba Mulé…, ¡atrincherado del susto!...

En medio de un absoluto silencio —a esas horas—, remaron a toda prisa: en contra del viento, la fuerte corriente y hasta de su propia suerte.

Adentrados en los túneles de mangles que los nativos habían hecho a peso de machetes, la claridad de la luna se metía entre las ramas y las hojas de los árboles, para alumbrar sus sustos.

Al llegar al otro lado de la orilla divisaron el tenue resplandor que salía de una choza de palmas y bahareque —que a duras penas se sostenía en pie—, y encallaron la canoa amarrándola en un palo que estaba clavado dentro del agua, y cerca de la orilla.

El Chaya se quedó a esperarlos, mientras, ellos, se dirigieron a la mística y enclenque casa de Vangelina..., ¡la bruja!

Cuando quisieron tocar la puerta de la choza, desde adentro, una voz de ultratumba —con un tono autoritario y grosero—, gritó:

"¡Ya se quién eres, malparido!

¿¡Qué vienes a buscar!?, ¡nojoda!

¿¿Qué..., estás arrecho??...

¡Ney! ..., ¡te voy a joder, por venir a fregar a estas horas!"

Y Él, aturdido, respondió:

"¡¡Tía, discúlpeme!!... ¡¡Necesito hablar con usted, es urgente!!"

Al momento, sobre el piso de arena se escuchó el rodar de unas sandalias, dirigiéndose a ellos. Se abrió la puerta lentamente —con un ruido ensordecedor—, y apareció una silueta oscura, proyectada por la luz del mechón que tenía prendido a su espalda.

Cual jorobado de Notre Dame, la cabellera blanca, caía sobre sus encorvados hombros. Vestía un traje blanco, cercenado de jabón, hasta los tobillos; de cuyas flores negras diminutas, se desprendía un olor a tabaco y otras vainas más.

Seguidamente los hizo entrar y sentar en unas sillas trenzadas con paja de junco, y en unos desajustados taburetes que yacían recostados a la pared.

La choza contaba con un cuarto. En cada esquina mantenía calaveras guindadas con unas pitas de saco de fique; a sus lados, había varios calabazos pequeños —de color amarillo y betas blancas—, adornados con collares de conchas de caracol de mar, y dientes de indios.

Detrás de la puerta colgaban ramas secas de sábila y toronjil; y clavadas a las tablas de esta —cual pezuñas de caballos montañeros—, estaban cuatro herraduras oxidadas, que repelían ¡las aberraciones del cielo!

Al lado de su maltrecha cama de tablas —de sábanas mal olientes, rotas y sin almohada alguna—, estaba una mesa cachicoja cubierta por un colorido mantel de hule, tiznado de carbón. Encima de él —como esperándolos—, cartas de naipes, velas rojas y negras —agonizantes—, torpedeaban a un cenicero de concha de coco; donde echaba las cenizas de los tabacos… Las de sus pensamientos...

Su larga, suelta y canosa cabellera se abaniqueaba en el desierto de sus cejas y en los penetrantes ojos negros, enamorados, de su apachurrada nariz.

Ya el ébano de la piel marchita denotaba el cansancio de ese cuerpo jorobado; que dejaba ver la resignación de unos senos, maldiciendo a sus verdugos...: ¡los ochenta y cuatro años de su existencia!

Y presumiendo de este mundo y del otro, de un suspiro profundo tanqueó los pulmones del escaso oxígeno del ambiente, estrujando los huesos de los visitantes temerosos.

Luego, abrió una cajetilla que tenía impresa la imagen del diablo —con cachos y toda su indumentaria—, agarró unos fósforos y los rayó sobre la superficie. Con ellos, prendió una larga calilla de hojas de tabaco —que previamente mordía y ensalivaba en su boca desdentada—, y la fumó delante de todos.

De forma azarosa escupía por todos lados y con su mano derecha rasgaba los cabellos ondulados de su funesta cabeza. Al rato, mirando fijamente el narcótico del pensamiento, sentenció:

"¡Yo, sé que buscan!

¡No me digan nada!

¡Los estaba esperando!...

Cojan las sillas y taburetes, pónganlos alrededor de la mesa, y se sientan ¡callados!"

Su silencio era un cuchillo de matarife puesto en la mismísima ¡yugular!... Sus ojos apagados, ¡tenían el color negro y profundo de la muerte! Era altanera y directa al hablar; no superaba el metro sesenta de estatura, pero su voz… ¡¡Era un trueno!!

Sentados, en medio de la humareda, emborrachó sus pensamientos hasta entrar en un trance. El humo se apoderó de todos los rincones de la casa, haciendo formas fantasmales que se abrazaban entre sí. Danzaban al espanto, en tanto..., los rodeaban atentamente.

Y como si alguien distinta la poseyera, una voz

de ultratumba emergió de ella:

"¡Ya no hay tiempo para el tiempo!: ¡desatará su ira el infierno y todo lo que conocemos, posiblemente, desaparecerá! A no ser, ¡que recen y se unan en familia!...

¡Espantaré lo malo que se avecina, con un hechizo de los míos! Al amanecer beberé la sangre caliente de una gallina negra y quemaré sus plumas, mientras, pongo en el patio, una escoba boca arriba y mis chancletas al revés.

¡Ustedes!... ¡Rocíen sus casas con agua bendita, mientras rezan!

¡Devuélvanse por donde vinieron!, ¡que poco puede hacer el hombre, ante lo que desconoce!...

¡Váyanse ya! ..., ¡mientras amarro los espíritus!

¡¡Aún están a tiempo!!..."

Y enseguida una brisa helada pasó a través de ellos..., ¡apagando los velones!

De inmediato y sin mediar palabras, a oscuras y con un torugo en la garganta, regresaron a la canoa sin saber: en qué momento la abordaron, cuándo llegaron al otro lado, ni a qué hora se metieron en sus cabañas —¡embarrados del miedo! —.

Pero nada ocurrió esa noche ni en la madrugada del siguiente día. Mulé, se quedó dormido con el resplandor de una vela prendida, a la deriva de suerte venidera.

Al día siguiente y más tarde que nunca se

despertó, pero ya se sentía en el ambiente una sensación parecida a la de la noche anterior. Entonces, fue a la cabaña de los vecinos para saludarles y comentar su noche. Al llegar, Teresa, comentó:

"¡Imagínese! Como hacía meses que no arreglaban el viejo motor de acpm de la isla, nadie sabía del mundo. ¡Por fin! lo arreglaron esta mañana y mandaron ¡la bendita luz!

Al encender el televisor, el noticiero anunció que se aproxima ¡una fuerte tormenta, para acá!

¡¡¡Es un huracán!!!

¡¡¡Ya viene en camino!!!...

Almuerce con nosotros un mote de queso con arroz de frijolitos, y más tarde, rocía en la cabaña el agua bendita que hace días le compré al cura de la iglesia central.

¡Ese..., sí es mucho ladronazo!

¡Hasta el agua bendita cobra, el sinvergüenza! ..."

Al escuchar su salida quijotesca los espectadores se miraron y soltaron la risa, no había manera de objetarla.

Ese día, Ney, no fue a trabajar —prefirió quedarse en casa—.

Después del almorzar, Mulé, se despidió de los vecinos para rociar el agua bendita por los rincones de la cabaña, como le indicó Teresa. Padres Nuestros y Aves Marías: con la fe y el temor..., ¡mezclados? —inaudito, pero cierto—.

CAPÍTULO 12

Ya se avecinaba la fuerte tormenta pronosticada por los meteorólogos del mundo a través de los noticieros y la prensa local. Pero, como los días previos al evento fueron de total oscuridad —no hubo fluido eléctrico en Eyón—, la noticia no se supo a tiempo. Y ni modo..., prevenir la catástrofe, ¡ya no era una opción!

Un frente frío procedente del mar del golfo venía bordeando las costas y sus islas, dejando a su paso, muerte y destrucción. Mientras el cielo enfurecido hacia su agosto, el viento y la lluvia, arreciaban con una fuerza descomunal.

Era un huracán con vientos de hasta trescientos kilómetros por hora, el que, a esas horas, apenas mostraba la nariz como presagiando una hecatombe.

Con la depresión tropical comenzaron a caer las primeras gotas de lluvia frías y, luego, el torrencial.

Las gallinas, cerdos, perros, y el resto de los animales se recogieron abandonando las calles de Eyón; que en instantes, se tornaron ¡fantasmales!

Rápidamente en el cielo se formaron nubes grises y negras arrojando truenos que escupían relámpagos por doquier. Fuertes ventarrones enfurecieron al mar, sacándolo de quicio, y haciendo que sus olas reventaran contra las cabañas.

Las gotas de lluvia —casi granizadas—, se estrellaban contra el mar, las palmeras, los techos y las paredes de las cabañas. En tanto, los techos de palma y zinc se erizaban y retorcían a los antojos de la brisa huracanada; que cada vez, se tornaba más fuerte e insoportable.

Los escasos árboles también se doblegaban ante el magno poder natural: estronchados, cayendo o arrancados de raíz..., ¡uno tras otro!

En la arena las corrientes de aguas lluvias formaron grandes lodazales que viajaban en dirección al mar, arrastrando todo a su paso; pero el mar con más furia las devolvía, arremetiendo contra la isla.

Era premonitorio ante la imponencia de la naturaleza, el saber, que, las enclenques casas y chozas: ¡no permanecerían en pie, por mucho tiempo!

La angustiosa tiniebla atacó la impaciencia de los mechones y pocas velas que estaban encendidas al momento. Con escasez de provisiones, dentro de las casas, esperaron tan magno acontecimiento de la impotencia humana; triturando cuanta oración se les pasara por la cabeza, ¡para no morir..., ese día del diluvio!

Con la tempestad no se supo si era de noche o de día. Así, pasó mucho tiempo hasta que la intensidad de la tormenta disminuyó, devolviéndoles la calma.

Mientras la naturaleza calmaba su ira, en la distancia, el sol, sonreía ¡como si nada! Con él, salieron de sus refugios los rostros displicentes llenos de sorpresa y estupor. Ahí, fue cuando apreciaron la gran desolación causada por el desastre, que el huracán, había dejado a su paso.

Como en cualquier poblado o ciudad del mundo, bajo las mismas circunstancias, la tormenta dejó muerte y desolación: casas arrasadas, familias enteras en la calle y en la miseria.

¡Niños, jóvenes y viejos, desaparecidos! ¡Inundaciones por doquier!, y por supuesto, como un carroñero... ¡El hambre apareció, haciendo de las suyas!

Los primeros días después del diluvio fueron llenos de desesperos por las pérdidas materiales y humanas, por no tener un lugar digno donde pasar los días. Asimismo, por las enfermedades que se presentaron, sobre todo, en la población infantil.

Las ayudas estatales e internacionales no fueron oportunas ni suficientes para la magnitud del problema. Los más afectados quedaron en situaciones alto de riesgo y vulnerabilidad.

Ante tanto desastre la poca actividad económica de la población fue nula. Así pasaron varios días sobreviviendo con lo poco que dejó la tempestad: unos armaron casuchas o cambuchos, y otros, consiguieron refugio con vecinos o familiares cercanos.

De ese modo comenzaron una nueva vida sin nada entre las manos, como antes, pero ahora, la diferencia era que habían perdido lo más valioso que poseían...: ¡su dignidad!, como daño colateral.

CAPÍTULO 13

Unos días después de lo acontecido se apareció ¡la Negra!, con su algarabía carnavalera y más alborotada que nunca.

"¡¡Tere!!... ¡¡Ney!!... ¡¡Patroncito!!... ¡Están vivos o muertos?"

Al escucharla salieron corriendo hasta la calle y, al divisarlos, voceó:

"¡Ajá, mis amores?

Yo, pensé que la Negra y su prole ¡morirían con el huracán!

¡Que tempestad, hijueputa!... ¡¿Verdad?! ¡Ja, ja, ja!"

Y el comentario vulgar abrazó su carcajada alegre y se montaron en el lomo del stress del momento, salpicando de alegrías, las amargas escenas de la desolación. Seguidamente, replicó:

"¡Imagínese, blanco! Con la lluvia y esa tronadera ¡tan malparida!, no bajamos de la cama, ¡ni para mear!...

Lo berraco de todo, es que con ese susto ¡no pudimos c ...! ¡Ja, ja, ja!"

Al escucharla soltaron las carcajadas al compás de su alegría. Su risa retumbaba en toda la cuadra como queriendo borrar lo imborrable. Pero, al segundo, cambió el tono de su voz; bajándola al grado del estupor y el desconsuelo:

"¡Ahora sí!... ¡Ya!, ¡cogiendo seriedad!

¡Cómo les parece? que la casita que teníamos se cayó todita: ¡volaron las tejas!, ¡las paredes se fueron al suelo! ..., y en medio de la lluvia nos refugiamos en la casa vecina; que quedó en mejor estado que la nuestra.

Así, les sucedió a casi todos por ahí: perdieron sus ranchos, animales de crías y los pocos corotos que conservaban.

¡Esto da tristeza, blanco!

Da ganas de largarse para otro lugar, ¡¡bien lejos!!

Pero me pongo a pensar: ¿Aja?... ¡Y para dónde cogemos? ¿A dónde vamos a ir!, si no tenemos un lugar donde recostar la cabeza."

Apoderándose, la nostalgia, de su corazón entristecido, las lágrimas humedecieron sus ojos secos y en su rostro de secuelas, se sembró —como la mala hierba—, la desolación. Pero, dándose ánimo, prosiguió:

"Bueno, ojalá que el gobierno esta vez nos ayude en medio de este desastre. Dijeron que enviarían dinero, pero, eso, lo veremos en foto o por televisión.

Por lo pronto, Pedro, madruga mañana porque va a pescar con los amigos. Nos toca ganar la yuca, como lo hacíamos antes...: ¡vendiendo pescados!

Hay que seguir viviendo y tener conformidad.

¡Ahora sí! ¡Me voy! Sólo quería saber, cómo habían pasado el diluvio."

Al marcharse les dio un abrazo arrugándoles el corazón y quebró la distancia con sus pasos de corto andar, pero ¡firmes y decididos!

Así, arremetió contra la calle hasta desaparecer en el filo de la esquina; donde dobló sus encantos al suplicio nuevo de los postreros días, los mismos...: flacos y lánguidos de su vivir.

CAPÍTULO 14

Mientas la Negra se perdía en su ruta, Ney, gritó al temor de un presentimiento que en segundos penetró la duda y la pregunta. ¡Era una daga en su corazón!... Y prorrumpió:

"¡¿Mi tía, la bruja?!"

Sus latidos le hincharon las venas al sentir el rodar deprisa de la sangre eufórica, cual, serpiente, que tomaba las formas de lo ancho y angosto, de sus arterias y bazos capilares.

Y estrellando su pecho contra la puerta —como una flecha entre las entrañas del viento—, salió despavorido a la velocidad de un tigre; emprendiendo el camino al otro lado de la orilla, donde vivía Vangelina.

"¡¡Vangelina, tenía la razón!!" ..., fue la voz que brincó en la cabeza de Mulé, quien continuó atando los cabos de los hechos y las señales dadas; tal si estuviera desempolvando los anales de un misterio, dentro de sus neuronas —en silente reflexión—. Y prosiguió:

"Era el medio día de un acontecer previsto y tenebroso. Ocurrió..., ¡lo que debía suceder!: lo temido e inevitable de una catástrofe humana, naturalmente demencial. Avisada por la ciencia, la tecnología, y por el ocultismo de otra ciencia practicada desde hace lustros.

Esta, última, goza del estigma de los iletrados en la materia y de la complaciente omisión de quienes evolucionan en el anonimato.

Sin sosegar al pasado aún se conserva intacta; manifestando su acontecer en medio de lo absurdo, pagano y divino.

En seres especiales sucumbe al hermetismo del ermitaño por ser señalados e incomprendidos, por conveniencias. Sin embargo, la doble moral, es permitida y maquillada con rostros de pulcritud y de santidad, negadas."

Pero las ganas de saborear un sancocho de sábalo lo sustrajo de Grecia y lo aterrizó sobre la suculenta concina criolla.

El sancocho de sábalo estaba atrincherado de un arroz con coco, ensalada —de tomate, repollo y cebolla—, y patacones de plátano verde, que atizaban el gourmet a degustar.

Eso almorzó en compañía de Teresa y

Mandela. A Ney, se le guardó la comida en dos platos de peltre blancos que tenían bonches rojos pintados en el fondo.

Pasaban las horas y en medio de la inquietud, Teresa, se mordía el pensamiento. El andar de las manecillas del reloj obligaba a sus lágrimas a salir corriendo tras los pasos de su esposo, para ver su humanidad, y calmar el desespero.

La telepatía les fue negada a su razón y entendimiento, pero sus almas conservaban —resguardado—, el beneficio del presentimiento o del instinto animal. Ya sus espíritus estrujaban la mala noticia que en la distancia los consumía.

Alrededor de las seis de la tarde cuando el sol se quejaba del arduo día, apareció Ney..., como ¡tocado del demonio!: con el color de la cal de los sepulcros en su rostro palidecido.

Con lágrimas en los ojos abrazó a su esposa e hijo. Mulé, consternado, imprecó:

"¿¡Qué sucedió, Ney!?"

Con la necesidad de respirar lo que podía extraer del ambiente, con voz entrecortada, gritó:

"¡Espere, compadre!...

¡Me estoy muriendo del susto!...

¡No puedo respirar!

¡Teresa, tráeme agua! ..."

En cuestión de segundos le trajo una totuma llena de agua, de la tinajera. Al beberla, sus músculos temblaban y los huesos le crujían. Los ojos espabilaban al quebranto de sus pupilas dilatadas, y la respiración se iba acercando a la velocidad de un espanto súbito.

Teresa, en estado de shock, le insinuó:

"¡¡Cálmate, negro!!...

¡Te va a dar un patatús!

¡Cógela suave! ..."

Cuando ingirió el agua, se sentó en la butaca de palo y comenzó a narrar lo sucedido:

"¡¡Ombe!! ¡¡Si ustedes supieran!!

Todo por donde pasé está totalmente destruido: árboles arrancados, animales muertos y bollando en el mar; peces grandes y pequeños regados por montones en la orilla de la playa, y un olor hediondo —por la descomposición de estos—, ronda por todos lados.

Al llegar a la choza de mi tía, ¡no vi nada! Sólo quedó el costillaje de una de las paredes de bahareque y uno que otro horcón, que la sostenían. Las palmas amargas toditas volaron y, los sabanales, estaban peinados contra la arena.

La cama estaba boca abajo, pero ella, ¡no estaba allí! De tanto buscarla fui a dar al mar llevado por el zumbido de unas moscas azules, y de un olor nauseabundo... ¡Y allí..., la encontré tendida!: entre bejucos de mangles, el lodo y la maleza; ¡la pobre!, ¡¡boyaba en el mar!!...

¡Estaba pipona y en estado de descomposición! En su cuerpo tieso y semidesnudo se veían arañazos en la piel, y sus carnes estaban desgarradas.

¡Y lo más extraño!: tenía los ojos salidos, la boca abierta, y la lengua afuera —de color morado—.

En su cuello mostraba signos de apretazón como si la hubiera ahorcado algún espíritu, del que sabemos."

Al instante, a todos se les erizó la piel..., y continuó:

"Como pude, saqué del barro lo que quedó de ella, cavé un hoyo en la arena y le di cristiana sepultura. Ahí mismo —¡sin flores ni nada de esas vainas! —, le recé unas oraciones y clavé encima de su tumba una cruz de palo, que hice a toda prisa."

Con su relato macabro, Teresa, refunfuñó:

"Eso debió ocurrirle la misma noche que estuvimos allá, porque la noté sudorosa y la voz le temblaba demasiado.

El maligno le pasó la factura por habernos avisado lo que iba a pasar aquí y, tomando venganza, ¡la ahorcó como a una gallina!...

¡Ay, pobrecita!

¡Debió ser muy fea su muerte!

¡Tuvo que sufrir mucho!

Que Dios la perdone, se apiade de su alma y no la mande al purgatorio."

Una vez terminado el cuento, Teresa, brindó agua de panela caliente con clavitos de olor y unos panes de sal. Eso comieron, al calor del latente pensamiento del devenir y el esperar.

Cada matiz de los segundos nocturnos, cada respiración y latir, eran componentes del espíritu furtivo de sus calladas almas.

Esa noche oraron por vivos y muertos. Sus plegarias hicieron que la brisa silbara a las palmeras un cuento nuevo, y que el mar, rugiera sus misterios, con olas de impaciencia.

Después de orar, Mulé, se fue a entregar el cuerpo al galope de la noche: su espíritu cabalgaba al día siguiente, y su alma, dormía en sueño cósmico... ¡Aferrándose! ¡Amarrando sus cadenas, a la consciencia del Universo!

Con el canto del gallo pescuezo pelado de la vecina —que se salvó, ¡milagrosamente! —, el mar enfrente, la brisa que iba y venía; las personas y sus historias; y los fantasmas que acechaban en las noches con sus desdenes..., así pasaron las semanas.

Los nativos y extraños —los sobrevivientes—, volvieron a la disimulada normalidad: a la miseria de siempre. Determinada por la decadente cotidianidad de unas vidas, muertas.

CAPÍTULO 15

Cierta noche, Mulé escuchó un rumoreo que venía desde la cerca que dividía las dos cabañas:

"¡Pst!, ¡hey!... ¡Vecino!: ¡hoy es viernes y el cuerpo lo sabe!"

¡Era, Ney!, insinuando una propuesta rara:

"El fin de semana nos vamos de paseo para Chicoró, un islote, cerca de aquí.

Unos compadres de sacramento nos invitaron al bautizo de su primer hijo y se celebra mañana sábado.

¡Anímese! ¡Vamos!... Así, salimos de la rutina, tomamos unos guaros, y nos sacudimos ¡este aburrimiento!

En su invitación había un tono jocoso y picaresco a sabiendas, que, de su cultura, las danzas cadenciosas no eran cosa fácil para Mulé.

Después de confirmar su asistencia, preguntó por lo que debía llevar y, sonriendo, recalcó:

"Nomás, ¡lleve el cuerpo!... Aliste la boca —para el sancocho trifásico—, y un cinturón de hebilla para que la brille con una morena que le tengo allá —reservada, especialmente para usted—, y que está... ¡Guau! ¡Candela, compadre! Esa, le enseñará a bailar ¡nuestra música!"

Y bajando el tono de su voz, recalcó:

"¡Eso sí, debo tener cuidado!, porque Teresa..., ¡se las pilla todas! ¡Es más celosa que vaca recién parida!, y presiente que tengo una hembra por allá —aunque se lo niego—. Así, que, ¡ya sabe!:

¡Todo sanidad!

¡Nos vamos al vacile! ..."

Cuando terminó sus alocuciones e instrucciones policivas se despidió sonriendo, como evocando el deseo de una vivencia próxima; que buscaba dormirlo, en sueños del olvido.

Con el canto del gallo vagabundo, al amanecer, la voz de Ney, lo despertó a la aventura del nuevo día.

El invitado se fue vestido con la pinta rumbera: jean azul —prelavado—, camisa de seda —de color mostaza—, zapatos negros de charol, el cinturón con la hebilla recomendada, y bañado de un perfume oloroso a toronjil; que le traía buena suerte en el amor.

Ya listos para la pachanga y esperándolos en la puerta de la cabaña, estaban: Teresa, Mandela, y el Chaya —el corsario de la canoa—.

Cada uno lucía su mejor y colorida pinta festiva: cuidaban su andar, sacaban el pecho y hacían alusión al rato de felicidad venidera. Esta vez, el Chaya, se dejó ver con más detalle.

Iba elegantemente vestido de pantalón, camisa y zapatos blancos. En su cabeza llevaba puesta una gorra negra, al estilo boina —que ocultaba su afro—. Era alto, delgado y de ojos pardos —profundos como el mar—, que dejaban ver sus días de necesidades. Su piel morena, estaba pegada a los muslos flacos de sus torcidas piernas de algarrobas. Las cejas le remaban en su frente pequeña, paloteando, su nariz apachurrada, hasta la represa de su boca. Tenía brazos lagos —como la vara de humo—, y manos huesudas, que casi tocaban sus rodillas.

Después de saludarse caminaron hasta la orilla de la playa donde estaba encallada la canoa del Chaya —la misma que sirviera para ir aquella noche de presagios donde Vangelina, la difunta—. Esta vez le había adaptado un motor de dos tiempos para hacerla más veloz.

Montados en ella, encendió el motor, y viajaron a su aventura marina sobre las calmadas olas del mar mañanero.

En la medida en que aumentaba la velocidad del navío, el viento fuerte arreciaba contra la canoa, pero ellos, se agarraban de sus bordes —como micos, de un palo—, para no naufragar.

Con el horizonte abierto y el viento zumbando en sus oídos, era maravilloso sentir tanta libertad por el cúmulo de emociones encontradas. Estas, generaban remojos de felicidad a las almas calladas, de sus espíritus presos.

En el mar abierto eran inexplicable tantas emociones juntas. Adentrados en él, este..., fue generoso con ellos.

Eran como piratas que escapaban —sin tesoros—, en busca de extrañas sensaciones para el cuerpo.

Después de algunas horas de bordear la costa, por fin, divisaron ¡Chicoró! El islote mostraba un imponente fuerte, de murallas, que hablaban en silencio de antaño. Al acercarse, era más visible su pequeño castillo; testigo fiel, de una historia muda.

Y llegaron a la orilla, amarraron la canoa en el atracadero y se dirigieron a la casa del festín.

Cada grano de arena, calles, casitas, rincones y rostros de sus habitantes era como si no hubiesen salido de Eyón. Era como si hubieren atravesado un mundo paralelo, a través del mismo mar.

Fue como vivir: en una sola vida... ¡Varias realidades! Sus habitantes conservaban los mismos rasgos físicos y aconteceres.

Esas vidas también estaban teñidas de un ambiente de insolencia y se hallaban encerradas en el abandono..., ¡de la misma cárcel!...

CAPÍTULO 16

Cuando llegaron a la casa del bautizo, divisaron a una señora —con una escoba de barita en sus manos—, barriendo los días caídos en el suelo de su ayer. Sin dolor fueron arrancados del árbol de su vida, como advertencia de sus venideras auroras, sin regresos.

Cada escobazo, era un suspirar, entregado al andén de sus sueños.

"¡¿Qué pregunta sin respuesta, haría?!

¿¡Qué incógnita descifraban esos ojos gachos —clavados en el suelo—, al ver convertida su precámbrica existencia, en una cueva desolada!?...

Pero... ¡Quizás fue su mirada, o quizás su sonrisa!

¡Qué pudo haber sido primero?...

Lo que pudo haber surgido, fue, tan grande, que la hizo enamorar de días que untaban de vida y tibiaban de escamosa esperanza, a su quemada piel; y que el tiempo, ¡no eternizó jamás! ..."

Sobre esas reflexiones anduvo Mulé, mientras caminaba al inevitable encuentro del saludo.

Y cuando quiso mirarla, ya los ojos negros de la anciana —como agujas—, se habían clavado en sus ojos pardos; rompiendo la tirantez, entre: la prevención y el entender del momento... Enredando sus miradas... ¡Captando la atención!

Entonces, pudo comprender, en ella: ¡la eternidad y sus lugares! Porque, él, doblegó su reflexivo silencio ante su presencia abnegada.

Después de tanto escanearlo —al detalle—, la dulce anciana desenfundó su risa, flechó su corazón y caminó sobre sus latidos...:

Sin prevenirlo, ni sorprenderlo; ¡tal, si lo hubiera parido!...

Mientras la miraba, los vecinos instalaban en las puertas de sus casas unos equipos de sonidos del alto turmequé. Organizaron sillas, taburetes y butacas en forma de círculos, porque, ese día, ¡¡era viernes!!... Y no había viernes ni fin de semana que se respetara sin que hubiere en la isla, ¡un espeluque! —como ellos decían—.

La casa era modesta. Tenía paredes de cemento barnizadas con pintura ocre, y en el techo se podían contar las grietas de sus oxidadas láminas de zinc.

Se hallaban dos habitaciones, que, en vez de puertas, tenían cortinas. En medio de ellas, estaba una sala pequeña adornada con una mesa de madera y sus cuatro sillas respectivas —forradas con cuerina roja—, cuyos espaldares eran tres bolillos de madera, de color café.

La mesa estaba forrada con un hule que parecía carpa de circo, el cual, estaba cubierto por un mantel transparente de cuadros azules y blancos.

Un florero de vidrio bakarat yacía en el centro, y su agua —cundida de gusarapos—, calmaba la sed de unas flores amarillas, casi marchitas.

En una de las paredes tenían colgado un cuadro de la última cena, del que guindaba un rosario de pepas negras —de los antiguos—, con su respectivo crucifijo de palo.

Perteneció a un cura español que catequizó en esas tierras en la época de la colonia y lo dejó como regalo a sus ancestros. Allí, estaba colgado, en contra de las acechanzas de la incredulidad.

CAPÍTULO 17

Y por fin, los anfitriones de la casa hicieron su aparición: Makele, Rosalía, y Zambík —el primogénito a bautizar—. Makele era de piel morena, facciones toscas, mediana estatura y de trato agradable; en su barriga parecía haber un balón de fútbol, por la gordura.

Su mujer, Rosalía, rayaba a los treinta y cinco años. Era una morena: alta, esbelta y simpática. Estaba delgada —por la lactancia de Zambík—, pero su presencia era imponente.

Su cabello ondulado —de un negro cobrizo—, le rosaba la frente pequeña y avivaba sus lindos ojos gateados, que miraban sin pestañar. La nariz era respingada y en sus labios, morían, de rodillas, las ganas de un beso sin morbo.

Lucía un vestido blanco —de dacrón—, que

le llegaba hasta las rodillas y dejaba ver sus piernas de fideo. Calzaba sandalias negras de tirantes trenzados, que atrincheraban sus cortos pies, y fusilaban sus diminutos dedos en el paredón de sus uñas tristes.

Hubo sonrisas, calurosos abrazos y miradas destellantes ante la presencia de tan honorables invitados. Por su puesto, los anfitriones, se desbordaron en atenciones: esa mañana del olvido.

Pato guisado, arroz con coco, patacones, ensalada de remolacha, y una cerveza —reverberando del calor—, fue el suculento almuerzo de bienvenida.

Los inmensos parlantes de música con sus respectivos equipos de sonidos, dotados de: consola de disco, tecnología de tubos, sonido estéreo incorporado y sound rounds adicionales, amplificaban a todo timbal su música raizal.

La música africana —grabadas en discos de cuarenta y cinco revoluciones, lps y cassettes—, entraban por los oídos dejando cuanto río, sonido, y el aroma de una inhóspita selva dentro de la conciencia. Como si la araran y plantaran, de ñame o batata.

Sendos bombillos de distintos tamaños y colores adornaban los inmensos parlantes, que prendían y apagaban, a distintos períodos y frecuencias —como luces de navidad—, y al compás de los ritmos cadenciosos de su música.

Ya se olía en el ambiente una noche larga y placentera que conllevaría al regocijo, por los movimientos corporales del recuerdo ancestral.

CAPÍTULO 18

Luego de saborear un café tinto, las miradas picarescas de Ney —levantando las cejas y haciéndole señas a su invitado—, deparaban una sugestiva invitación.

"¡Vamos, vecino!

¡Lo invito a conocer Chicoró!"

Al sigilo del cazador se dirigieron a la tienda de la esquina para tomar unas cervezas bien heladas. Una a una, sorbo a sorbo, y durante un buen rato mojaron en sus gargantas secas, las palabras, que huían furtivamente la sed.

Mientras emborrachaban los pensamientos para escapar de la bien tallada y esculpida realidad, en la distancia, sonaba el ritmo rebelde y engreído de una de sus tantas canciones.

Las manifestaban como una necesidad de

expresión sentimental y espiritual: eran sus vivencias, su diario vivir y acontecer..., hechas canciones. Eran sus voces ante el rechazo de la sociedad, la clase política dirigente y del estado. Por vivir en dirección al más mísero de los abandonos.

Era su música de un espíritu de luchas, padecimientos y de dolor social. La bailaban juntando el cuerpo con alma, el deseo al espíritu, la danza a la soledad, y a la necesidad de sentirse protegidos en los brazos de alguien; quien ayudaba a disipar —durante una noche de pasiones, cuerpos sudorosos, y embriaguez—: ¡sus olvidos!

Envueltos por el embrujo melódico y armónico de la canción que sonaba en el momento, los bohemios, mataban al recuerdo las conversaciones. Dado el estado complaciente de la embriaguez, la que no daba espera a la predecible devastación.

Las palabras gritadas de Ney y el ruido jactancioso de la música —con alto volumen y sugestivos comentarios alusivos a la desnaturalización de la esencia humana—, eran ¡ensordecedores!

El grado de alicoramiento hizo que desempolvaran los pensamientos para abrir la puerta a la libertad de sus encierros: entregaron sus alas al viento, viajaron lejos; bien cerca de las nubes, y donde se amarra el sol..., ¡hablando locuras!

Con la borrachera encima —lejos de la cordura—, el interlocutor trató ser locuaz, desbordando una inquietante querencia:

"¡Vecino! ¡Nos vamos de cacería!

¡Voy a presentarle, la hembrita!

Ella, es hermana de la hembra mía, la que tengo acá.

Así, que... ¡Vamos para esa!"

Caminando y en busca de sus sueños sin fondos, el tiempo, arrastró sus vidas a la orilla de la tarde. Con pasos dudosos y desorientados, entre: gallinas, perros y cerdos callejeros, llegaron a la casa de las damas en mención.

Hervía el sol en la piel envenenando sus razones, gritaban los poros al respirar su luz, resbalaban las caricias de su lejano misterio, y encendía el pensamiento el deseo errante de un instante de olvido...: el ir..., sin regresos... ¡A una muerte segura!; por la ruta de callados besos, que guardaran, unos labios en vilo.

Mutilando las razones —en vano—, en Mulé, corrieron gotas de sudor para calmar la sed de su sosegada alma. Si cada respiración que lo ataba a la vida de ese momento: ¡fue un prisionero liberado, del laberinto de su memoria!...

Así recordó instantes de felicidad, vestido de arena, y perfumado de los aromas de una historia sepultada bajo los anales de la fascinación: eran pasajes de vida sin vida; imágenes que fueron nutridas de un mítico y fantasioso presente, que lo hicieron llegar..., a donde fue: ¡para recordar, al recuerdo!

CAPÍTULO 19

Al llegar a tan anhelado lugar —a la casa del encanto—, de pie y recostada en el marco de la puerta estaba una mujer...:

Dentro de un cuerpo, con piel de pantera, y quien hizo que el furtivo cazador apuntara directo a sus encantos de felina...

Sus cortos cabellos eran del color de la noche, sus abundantes y bien alineadas cejas —de mujer de la aurora—, simulaban un lindo atardecer. En su pequeña nariz, andaba el aroma de los pastos biches de una tierra lejana. En su boca, de labios carnosos, afloraban los temores de mojarse al fuego que la consumía..., ¡a punto, de caramelo!

Una blusita beige —en guipure—, medio cubría su pecho y encerraba dos serranías inhóspitas, que arañaban las nubes. Las caderas eran una ecuación guardando el acertijo de unas perfectas y delineadas curvas, dispuestas, para que...:

Quien muriera en agonías, resucitara, en el humedal de sus gloriosos ventanales; donde florecerían los capullos, de su nuevo amanecer.

Pendiendo de su ombligo de botón, la minifalda blanca —transparente—, le llegaba hasta donde nace la imaginación, y mostraba sus endiabladas piernas de muslos endurecidos, cual, potra cerrera.

Adornando sus delicados pies —de uñas rosadas—, unas sandalias de tirantes blancos le recorrían el empeine y bordeaban sus delgados talones de Aquiles.

¡Wakira!, era su nombre. Ante su imagen de virgen morena, su suave voz, mitológicas miradas e insinuantes sonrisas, él…, ¡sosegó su ímpetu! Saludándola, le agarró la mano y enseguida rompieron el hielo de sus angustiosos pensamientos.

Cada peregrinar de la brisa sobre su frágil y débil cuerpo de mujer de la noche, era, como si sus miradas de hielo vagaran errantes sobre los desiertos de otro planeta inconcluso.

El eco de sus palabras calladas rompía el afán de su corazón temprano. Así, crecían hierbas, arbustos, cactus y olivos, sobre sus sueños de desierto; tan solitarios y expuestos... ¡Al olvido de Dios!

Al ritual de la presentación prosiguió la pregunta certera de Ney, con la intención de saber, si su hermana, se encontraba allí. De inmediato, respondió:

"Ella, salió hace más de una hora y regresa a las cinco.

¡Está haciéndose el blower y la manicure!, para ir bien linda a la fiesta de esta noche.

¡¡Yo..., también voy para el espeluque!!"

Luego de tener su confirmación se despidieron y regresaron a la casa del bautizo, pero seguros, de la asistencia, de quienes pondrían la noche al lado de las emociones terrenales.

CAPÍTULO 20

Alrededor de las cinco de la tarde todos estaban afuera de la calle, incluyendo, al niño, quien sería sometido a los dogmas y preceptos de creencias ancestrales arraigadas en sus conciencias. Así, caminaron en busca del ritual que les recalcara que proceden de un lugar... Al que deben temer.

La muchedumbre caminaba entre risas, jolgorios y sus emperfumadas vestimentas, anunciando a los cuatro vientos y a los siete mares sus expresiones de regocijo, en medio del ocaso marino.

Pero la celebración del bautizo no fue en iglesia alguna, como esperaba Mulé. Más bien, fue todo un acontecimiento de rituales místicos donde el bautizado pasó sus penitencias, sin llorar ni pestañar.

En medio del humo de tabacos, el licor y la danza, sacrificaron un ave de corral al compás de quejumbres y oraciones extrañas que los conectó con sus deidades. Entre tanto, sumergían la cabeza del bautizando en una olla de barro que contenía agua lluvia bendita; humedeciendo así, el futuro del nuevo clan de la familia.

Fuertes rezos trenzaron para siempre su suerte, haciéndolo...: el elegido o guía espiritual, para el orgullo de su linaje.

El invitado no pudo evitar su perplejidad ante tal escenario religioso. Pensó, que:

"Como especie, buscamos una forma indescifrable de encontrarnos. Que buscarse, es un comportamiento inconsciente que genera recuerdos colectivos, y que conducen a la manifestación, que significa...:

Preceder, acontecer, y permanecer dentro de una consciencia.

Luego, encontrarse, es lo invisible de la vida que conlleva a su propia matrix... ¡El destino!

La suerte es sólo manifestación de una causalidad del albedrío, de quienes, por temor, no sacuden sus soledades.

¡¿Pudo el ave sacrificada, escapar de su suerte?!

¿¡Pudo el bautizado, escoger su propio destino!?

¡Hum!... ¡¡Sabrá un brujo!!"

... Concluyó, Mulé.

Terminado el ritual del bautizo, regresaron a la casa del jolgorio, donde los esperaban: la muchedumbre, la música, la comida... Y por supuesto, la pantera..., ¡Wakira!

Con ella, entre brazos, bailando al compás de su música sonora y colorida, insinuaba conceder su mejor don para entregarse ¡a la noche de la imaginación!

Pasadas las horas, doblegada y sudorosa, se fue como sirena; nadando el mar de un fuego infinito, y atravesando las puertas de su fugaz misterio...: se calló el viento, sonrieron las nubes, y caminaron los ríos al zigzag culebrero de sus montañas inquietas.

¡No se supo..., si era de noche o de día!

¡Si hacía frío o calor!

¡Si la tierra giraba al derecho o al revés!...

Solamente corrieron las aguas de sus manantiales frescos y vírgenes, al andar del cazador. Al final —en el oasis de un absoluto silencio—, la pantera sonrió como queriendo hacer recordar, del olvido, el cariño que movía su aliento... Buscando salir, a la espera del sol, que jamás..., volvería a su lugar.

En medio de la madrugada —entre el silencio de Chicoró, sus calles llenas de historias, de esclavitud y de espíritus que andaban agarrados de la eternidad—, se despidieron al silbido fantasmal del viento marino.

Con las huellas mareadas fueron hasta la orilla y abordaron la canoa del Chaya, la que moría, en la soledad.

Así, se despidieron de un instante de felicidad sin valor alguno en lo material y superfluo.

De regreso, atravesaron las entrañas del mar con sus cuerpos cansados y entumecidos por la brisa fría de la aurora.

Al llegar a la playa de Eyón caminaron hasta sus cabañas —con sus alegrías pasajeras—, para dormir, una vez más, a otro sueño del olvido.

Con el cansancio del alpinista la muerte inconsciente invadió a Mulé, pero, en su corazón, se quedaba el aroma de un eterno dolor.

CAPÍTULO 21

El nuevo amanecer despertó a los nativos y forasteros de Eyón con el mismo sol abriendo las puertas del teatro de sus programadas escenas.

Cuando, Mulé, quiso despertar, la picante alegría del cambembe de la Negra ya venía montada sobre el lomo de la brisa marina; azotando con el chancleteo de sus sandalias, la desmesurada indiferencia de aquellos corazones..., donde crecía la maleza.

Adormitado, bajó de la cama y salió a atenderla enseguida. Ella, quien lo esperaba parqueada en la puerta de la cabaña, a penas lo vio —burlándose—, le gritó:

"¿Bueno, y usted, que!...

¿¡Andaba c ...!? ¡Jajaja!

¡Carajo! ¡Por acá di vueltas todo el fin de semana y no los vi por ningún lado!

¡Pensé que estaban secuestrados, por allá en el monte!

¡Y no es nada que lo secuestren, sino, el tiempo, que demoran en la selva!

Son meses o años, hasta cuando los familiares paguen el rescate. Si cuenta con suerte, lo liberan, o si no —aun cuando paguen—, allá lo matan y lo dejan tirado como una rata para que se pudra."

Y de inmediato le abrió los ojos, colocó las manos en sus caderas de palo e hizo un gesto preventivo.

Él, le garantizó la reserva del sumario, asegurando su comentario con un pulso electromagnético en la memoria.

Pero, era cierto. Estaban sus palabras matizadas de una verdad ineludible: tantos muertos, devastación, lágrimas y miseria, generados por años de violencia que estigmatizaron a muchas generaciones dentro del temor, no se podían refutar.

Cambiando la retórica de su lenguaje criollo, directo y coloquial —como piojera caminando su cabeza—, otro secreto no le dejaba en paz.

Asegurando sus miradas en las raíces de la palmera, y su cuerpo, reclinado en ella, expresó:

"Esta madrugada, mi marido y sus amigos, se fueron de pesca. Entre los pescados que sacaron había una sierra grande y bonita —que pesaba unos diez kilos—, y en uno de sus costados tenía pintado el número: ¡ciento once!

Mucha gente ya apuntó ese número en la lotería que juega esta noche:

¡Es fijo, que cae!

¡Eso ha pasado varias veces en Eyón!

En algunos barrios han encontrado ciertos animalitos que traen escritos en sus pieles algunos números, por ejemplo: ranas, sapos, y hasta en una babilla que apareció en una ciénaga cercana.

¡La cosa, es bien rara!, porque no ha habido: brujo ni letrado; ni pecador o cura, que puedan explicar ¡este misterio!

¡Estas, son cosas del más allá!"

Persignando sus temores desde su frente lucia dejó correr la señal de la santa cruz, como escondida, detrás de ella, para no sucumbir al estado inseguro. Y continuó:

"Ya lo informé de los pormenores del fin de semana, de las noticias del barrio.

Me voy porque la venta está buena y quiero desocuparme rápido porque iré al médico, mañana temprano.

Últimamente no me he sentido muy bien que digamos, más bien, estoy un poco rara: con mareos, fiebre, y con una tembladera que hasta parezco gato envenenado.

De todas formas, quiero asegurarme, porque ¡la que sabemos!, no anda con vueltas para llevarse al que sea para el otro mundo.

¡Yo, no quiero irme todavía!...

¡¡Mamola!!

¡Aún estoy vivita y coleando!, ¡nojoda!... ¡Ja, ja, ja!"

Inesperadamente su risa hizo un hueco en el suelo, tal, si sembrara, su comentario final...:

"¡Yo, lo que tengo?, ¡es vida por delante!

Aún estoy joven y, mi marido, ¡está hecho un roble!

¿Sí o no, blanco!... ¡Ja, ja, ja!"

Y arrancó intempestivamente dejando resbalar el eco de su sonrisa a través de su espalda de carnaval. Sacudiéndolo con sus pasos de rinoceronte, desde lejos, gritó:

"¡Vea!... ¡Recuerde comprar la lotería!

¡¡Apueste el número!!"

Acabando de enunciar su oráculo la sorprendió un perro bravucón, ladrando su falda blanca —deshilada—. Y sin pensarlo dos veces de una patada en las costillas, la Negra, le hizo retorcer del dolor.

Con esa advertencia doblegó su lenguaje amenazante, descortés, e indescifrable.

Enseguida el perro blanco —de manchas negras—, con el rabo entre las piernas, encorvado y chillando del dolor, se metió en el patio de una casa aledaña a través de un portillo que él mismo hizo, para cometer sus fechorías.

La Negra, dobló por la esquina, evitando los

afilados colmillos del perro chandoso; quien deseaba saborear sus pronunciadas nalgas, para mitigar su constante bravura.

CAPÍTULO 22

Para Eyón, el amanecer trajo consigo una algarabía sorpresiva que los tenía en el éxtasis de un despertar embriagante —acompañado del bullicio de su música raizal—, el cual, el forastero, se lo estaba perdiendo.

Cuando se asomó a la calle vio a Teresa con unos rulos amarillos enredados en su cabeza de estropajo. Lucía un suéter chino —de color blanco—, pantaloneta impermeable de color beige, estaba descalza, y en su cadera —desnudo y rajado de piernas—, tenía enganchado a Mandela. Quien chupaba sabrosamente el dedo pulgar de su mano derecha, en tanto, resollaba, su gripiento respirar.

Al darle los buenos días, con la risa de oreja a oreja, profirió:

"¡¡¡Mire!!!...
¡¡Nos ganamos la lotería!!
¡El número que nos dio la Negra!
No ganamos mucho, ¡pero algo, es algo!...
Esta vez nos favoreció la suerte, así, que:
La parranda que se viene..., ¡es grande!"

Esa mañana de jolgorio y jarana festiva hubo un tinte de desquite ante su mal trecha suerte. Fue el triunfo de la causalidad sobre el albedrío: una revancha de burbuja, llenando sus vasos sin fondos.

El haber atinado al número ganador —el de la suerte—, sin el sudor de su frente ni el pesado trabajo de sus días laborales los hizo sentir victoriosos (!).

Al siguiente día apareció la imperdible, la corresponsal, de sus días felices. Venía azotando el suelo con sus sandalias de siempre, su algarabía, y con un dicho nuevo entre sus labios de grosella:

"¡Disculpe! pero vengo tan acelerada, que...:
¡¡No creo en llanto de mujer parida, ni en juramento, de hombre cachón!!... Ja, ja, ja"

Sonriendo, le arrimó su pesado cuerpo —cubierto con un traje de colores tropicales—, y le estampó un beso con sus labios de salinas: ¡moribundos de sed, pero mojados de alegrías!

"¡Oh, blanco!
¡Deme agua! primero, porque si no: ¡me va a dar un patatús!"

Cuando rociaba su resequedad dejaba escapar gotas de agua por las esquinas de sus labios agrietados. Al terminar, murmuró:

"¡El barrio amaneció alborotado!, con la fiesta de la lotería que ganamos, y por la habladuría de la gente.

¡¡Y como le parece??... Ahora, en la agencia de apuestas, ¡no nos quieren pagar el premio!

Ellos, dicen, ¡que fue un fraude!

¡¡¡Bonita cosa!!!...

Ya no encuentran como robarnos lo que ganamos limpiamente, ahora...:

El pobre, ¡es ladrón!, y el rico..., ¡honrado!

¡Allá va a correr sangre, como no paguen!"

Rápidamente, Mulé, la imaginó buscando escapar de una celda fría y cabalgando con su pensamiento hasta el mar de sus playas ausentes, el de su vana libertad. La que truncaría al paso de un justo reclamo, ante un indecente, amparado por la ley. Y quien, por supuesto, alegaría, que su justo reclamo era: un deliberado acto de insurrección.

Mientras tanto, cientos de moscas —entre pequeñas y grandes—, zumbaban sobre la ponchera como cazas bombarderos de la segunda guerra mundial. Se lanzaban en caída libre, volando vertiginosamente sobre los pocos peces que llevaba para la venta.

Al parecer, el océano, había recogido sus frutos para guardarlos en alguna gruta secreta;

tan escondida de la imaginación, para que los pescadores no usurparan sus alegrías.

Ese día sólo hubo atarrayas y canaletes tirados sobre el fondo de la canoa. Mientras el agua se metía entre las grietas de la madera, esta, fondeaba sobre las olas..., al canto lejano de la ballena y sus ballenatos —centinelas de las profundidades marinas—.

Cuando se marchó, lentamente, su silueta desapareció de sus ojos como queriendo decir mucho. Dejando una extraña sensación de despedida, de las que no se quisieran, vivir ¡jamás!...

CAPÍTULO 23

A la mañana siguiente sintió la voz de Teresa atravesando la cerca del patio, cual, ladrón, que esconde en sus noches las fugas de sus constantes miedos.

A esas horas ya estaba recostado sobre la palmera con un taburete de cuero: sintiendo la brisa marina, respirando sus cuentos, y alunizando sobre el santiamén perpetuo de esa dulce madrugada.

"¡¿Qué hace usted aquí, tan temprano?!" ... Lo interrogó, ella.

"¡¡Cazando brujas!!" ... Respondió, Mulé.

Pero, ella, disparó su predecible contrapregunta como queriendo arrimarse un poco al entendimiento.

"¡Y acaso..., se volvió brujo?"

Haciéndole saber que no era tan lejano de su entender, le dijo, que conocía algunas historias de este mundo y del otro. Y ella, contestó:

"Mejor..., ¡déjela ahí! Usted sabe que esas cosas me ponen mal y, con eso, ¡no juego!

Más bien, vengo a contarle un sueño que tuve anoche con la Negra; que me tuvo desvelada y muy preocupada.

Resulta, que, antes de acostarme: Mandela, dormía..., y Ney, roncaba como un marrano sus letanías.

Después del noticiero sentí que algo cayó sobre el techo de la casa...:

Caminaba sobre él, golpeaba su aletear sobre la palma, y su cantar ¡era de un águila! Quería arrancar el caballete con sus garras..., ¡quería llevarse a Mandela!; porque a estas alturas de la vida, ¡no lo hemos bautizado!...

Usted sabe que esos pecados nos los perdonan las fuerzas malignas, ¡puede correr peligro!

Cuando queremos llevarlo a la iglesia, algo extraño, no nos deja. Siempre nos quita de la cabeza la intención de hacerlo."

Al notar perdido el camino de su historia nocturna, prosiguió:

"¡Bueno, pero sigo con mi cuento!...

Después del chillido del águila se sintió un silencio que me puso, ¡más muerta, que viva!: me tronaban los huesos, la lengua se me enredó, y el corazón ¡brincaba del susto!... ¡Que vaina tan macha, vecino!

Al ratico, escuché el canto mortuorio del ave de la oscuridad: ¡el guacabó del monte! Chilló tres veces seguidas y, luego, se calló.

Ahí, fue cuando me metí en las costillas de Ney, ¡apretujándolo, del miedo!...

Al quedarme rendida fue cuando realmente empezó la cosa. ¡Claro!, desde el más allá, ¡avisaron lo que soñaría!:

Esas aves de mal agüero —el guacabó y el águila—, anunciaban con sus chillidos, que, un familiar o un amigo cercano, no estaría más con nosotros.

Y de una vez ¡empecé a soñar con Carmen!...

Yo, aparecí sentada en un kiosco del muelle. Eran como las seis de la mañana, y desayunaba patacones con queso —con café con leche, caliente—. Seguidamente vi a una canoa acercarse al atracadero, para recogerme y llevarme a algún islote cercano.

Al levantar la frente vi a un niño trigueño elevando un barrilete, contra un viento helado. Con furia sacudía lo que se le antepusiera..., como queriendo decir algo.

Cuando el viento atrapó el barrilete en sus entrañas —con su torbellino—, hizo reventar el cordel, pero el niño —sonriendo, al atraco de sus sueños—, de un brinco agarró el extremo del hilo...:

Se sujetó fuertemente a él, clavó sus ojos en las nubes, y se dejó elevar hacia un nuevo cielo.

Al desaparecer el niño, a lo lejos y como estampada en el horizonte, se apreció la Negra...:

Caminaba descalza, vestía un reluciente traje blanco, y en vez de trapos y ponchera en la cabeza sólo traía rosas rojas —atrapadas entre sus orejas—.

Caminando hacia mí, entonaba una canción que retumbaba en cada rincón del muelle y, que evocaba, el fin del Apartheid en Sudáfrica.

Luego..., guardó silencio, me miró fijamente, y siguió caminando... Sin saludarme.

Después, la vi subir a un coche negro que era arrastrado por un hermoso corcel blanco —con un lucero rojo, en medio de la frente—. Sin cochero que le condujera, al final, el corcel, desplegó sus hermosas alas al viento..., ¡desapareciendo de mi sueño!

Al mirar hacia el otro lado observé que uno de los pegasos que yacía en esfinge —estática y mirando hacia la bahía—, ¡ya no estaba! ..."

Desconsoladamente lloró a su gran amiga mientras la veía partir. Eso hizo, que despertara abruptamente con el rostro empapado de lágrimas.

Entre solloza rogó que pasara la bendita madrugada, para contarle, a su vecino, la trasnochada premonición. Y enseguida, exclamó:

"¿¿Se irá a morir la Negra, vecino!! ..."

Para tranquilizarla le dijo, que, efectivamente, ella le manifestó estar delicada de salud y que planeaba ir al médico cuanto antes.

Pero evocando la tranquilidad —con cierto disimulo—, se despidió meditabunda y cabizbaja; yéndose, al paso de la hiena:

¡Caminando erguida, pero retorcida de dudas!...

Mulé, se quedó contemplando la incógnita de aquel presagio nocturno... En una esquina del silencio.

Aquellos instantes amarraron las horas a la resignación. No había manera de saber cuán cierto eran sus dotes de pitonisa sin diplomas, másteres, ni PhD.

No era la CEO de una multinacional exitosa cuyas asertivas opiniones financieras determinaban el curso a seguir y, nadie, la objetaba.

Solamente..., se trataba de Teresa...: Una simple humana desvalida de todo, menos, de valor, para Mulé.

CAPÍTULO 24

Amaneció y el viento recio trepaba con sus garras las altas palmeras, retumbando sin clemencia sobre la cabaña donde vivía Mulé: el mar se lamentaba, crujía la madera, chillaban las puertas, se erizaba la palma del techo y, las gallinas, cacareaban su fifí.

Un rato más tarde el ventarrón se sumió en un silencio sepulcral que colmaba el entorno de un presentir atemorizante —entre el sudor y el frío—.

De repente vio un visaje pasar —entre su patio, y el de Teresa—, y que en instantes desapareció de sus ojos en vilo. Al tiempo, escuchó una voz —que le era familiar—, llamándolo:

"¡Patrón?...

¡Oh, blanco! ...”

Y el tenue eco de esa voz se esfumó de sus oídos; huyendo furtivamente hasta el intangible lugar, donde, seguramente..., ya estaría.

De inmediato vino a sus recuerdos...:

¡¡Carmen, la Negra!!

Quien, esa premonitoria mañana no viniera desde la distancia —con su bullicio y desmedida alegría—, a venderle sus peces frescos.

Quien, a pesar, de sus vicisitudes, siempre le traía momentos de esparcimiento con sus apuntes alegres y desparpajada risa. Ella, a diario..., rompía la calma de sus silentes angustias.

Como un infalible presagio, algo, dentro de sí, negaba y reprendía el mal presentimiento. ¡Pero, no lo dejó a la duda! ¡Salió apresurado, hasta la casa de su Negra!

Después de correr unos varios metros, entre calles angostas, y azuzado por los perros …, ¡por fin! dio con la casa de Carmen.

Al tocar la puerta y preguntar por ella —desde adentro—, se escuchó una voz:

“¿Qué quiere, joven!

¡Qué necesita? ...”

Mulé, algo agitado, respondió que buscaba a Carmen —la vendedora de peces—, que era amigo suyo y quería saludarla. Y de una vez, contestó:

“¡¡Ya le abro, patrón!!...”

Seguidamente abrió la puerta de tablas, asomó su rostro desencajado y le hizo seguir.

Ese día fue cuando conoció a Pedro. Debía tener unos sesenta años y su cabello se teñía del color de las nubes, cuando el verano asoma. Era de piel oscura, contextura gruesa y baja estatura. Su frente prominente cargaba unas cejas negadas a la abundancia; casi escurrían, sobre sus tristes ojos negros. Colgando de su nariz chata, unos labios gruesos tapizaban su boca de aserrín —desdibujada, de dientes—.

La casa tenía paredes de tablas, piso de arena húmeda y dos cuartos pequeños. En uno de ellos, estaba la cama, de la que ella, le había comentado anteriormente —hecha de mangles y amarada con bejucos—.

El otro cuarto hacía las veces de sala, comedor y cocina; en un rincón de él, se hallaban dos mecedoras viejas y una butaca de palo..., ruñida por el desdén.

Cocinaban sobre unos bindes —hechos por comejenes o termitas en los playones—, y utilizaban maderos o palos de mangles secos, para carburarlos con fósforos y gasolina. Así, preparaban los alimentos, sobre el suelo húmedo.

Una vez, entró en confianza, lleno de stress, exclamó:

“!!!Carmen, está muy mal!!!...

¡¡Lleva varios días con fiebre alta, vómito y

cagadera!!...

La bañé y le coloqué paños de agua tibia en la frente... y ¡nada! La fiebre le baja por raticos y, después, ¡se le prende nuevamente!

El boticario le puso una ampolla y le recetó unos remedios que hay que comprar. No sé ni cómo se llaman, porque ¡no se leer!...

También le mandó unos análisis de sangre y de orina que hay que hacerlos en la capital, porque aquí no hay clínicas. Pero como no tenemos dinero, blanco... ¡No puedo llevarla!"

Mientras hacia su relato, la quejumbre de la Negra se escuchaba con más fuerza. Y enseguida, replicó:

"¿Y si usted supiera, patrón!... Llevo más tres días sin pescar, y hoy, no tengo..., ni para comprar ¡una bolsita de agua!"

Y sus lágrimas corrieron como si una represa hidroeléctrica se hubiera roto en sus pupilas.

En esos momentos una lanza atravesó el corazón de Mulé. La furia causada por la impotencia —al ver tanta necesidad, y sin poder hacer mucho por ellos—, sembraba su corazón de espinas.

Pero les dio una solución. Llamó a un amigo médico que vivía en la capital, y al comentarle lo sucedido, le recomendó llevarla después de cinco de la tarde; porque tenía una cirugía, y terminaba a esa hora.

CAPÍTULO 25

Cuando quisieron ser las cuatro de la tarde, con ayuda de unos vecinos, la metieron dentro de un viejo y remendado chinchorro que tenían, para llevarla al hospital. Con ella, en hombros, caminaron hasta la carretera —la variante—, con el fin de conseguir a un buen samaritano que los transportara.

En el recorrido del camino, la Negra, no paraba de quejarse y delirando por la fiebre alta, decía:

"¡Ya vienen por mí!

¡Están aquí! ..."

Pero, Pedro, un tanto confundido y consternado, la cuestionaba:

"¿¿Quiénes, Negra??

¡¡Tú, estás loca??"

Ella, con la lengua enredada, continuó:

"¡Ellos!... ¡Los de la luz blanca!: ¿¡no los ves!?"

En instantes los ojos de Pedro se aguaron por el perceptible temor que surgía desde lo más profundo de su ser.

Al llegar a la carretera —mientras la Negra, vomitaba—, nadie se dignaba a parar. Ningún vehículo detenía su prisa para recoger a la enferma.

Eran seres humanos tan fuertes y débiles como ella, pero llenos de salud momentáneas, apuros e inconciencias.

Hasta que por fin hubo alguien de buen corazón que detuvo su viejo camión rojo, a la orilla de la carretera. Era un señor delgado, de unos setenta años, con ojos enmelados; cuya piel trigueña estaba en cuarentena por las artimañas de sus arrugas.

"¡¿Para dónde van?! ", preguntó, el señor.

"¡¡¡Para el hospital!!!", gritó, Pedro.

"¡Súbanla con cuidado a la parte de atrás del camión!", les ordenó.

De inmediato subieron y la recostaron en la destartalada troja de madera, que conservaba un fuerte olor a humo y gasolina.

Y arrancó el viejo camión haciendo las veces de ambulancia callejera, a pesar de que la aceleración del motor no respondía a la velocidad de los angustiosos pensamientos de sus pasajeros.

Pero mucho antes de llegar al hospital, la Negra, vomitó una incontenible ráfaga de sangre, y con un suspiro —entre ronquidos y quejumbres—:

¡Exhaló la vida!, ¡con su última respiración!...

No dijo palabras de despedidas, tampoco, dejó un abrazo, de consuelo.

¡Pedro, desesperado!, ¡se arrojó sobre su humanidad!; la que moría lentamente y se agarraba de sus vestigios de vida..., negándose a su final.

Empapado de ella, ¡inconsolablemente lloró a su Negra!... Mirando al cielo, la apretujó entre sus brazos como queriendo —con su furia—: arrebatar del viento, la vida de quien fuera por muchos años su compañera incansable de tantas luchas y batallas. Su compañera..., de alegrías y penas...

Allí, renegó por un largo rato de su maldita suerte..., ¡y hasta de Dios!

Algunos transeúntes miraban y pasaban. Otros, se quedaban para ver el drama y después seguían sus caminos. En tanto, Pedro y la Negra, se quedaban solos…, ¡como al principio!

CAPÍTULO 26

En esos instantes, Mulé —sin palabras de pésame para decir—, le hizo saber que humanamente no había nada más que hacer y que debía tener resignación. Pero al tiempo, pensó:

"¿Acaso, la resignación es una píldora?

¿De qué hace parte, resignarse?

¿Hará parte del complejo camino del dolor?... Probablemente sea sólo una secuencia cuántica que empaqueta un flujo de información para el que encarna; y para volver a la fuente, las veces que sean necesarias, debe repetir el ciclo cósmico...:

Nada — cero...

Vida — resignación...

Uno — recordar...

Muerte — olvidar...”

Él, no supo en medio de qué estaba:

Podía ser un trance o una manifestación del sentir ambivalente.

Eso, quizás, ¡no estaba sucediendo!

¡Lo habría inventado?

Al parecer, dormía y soñaba sobre la piel de un segundo. Pero ¡que va!... ¡Pareció verdad!:

Allí, en frente de él, estaba el cuerpo sin vida de la Negra.

También lloró su inesperada perdida, pero no fue suficiente, para devolverle la vida.

En el mismo camión y sin haber llegado al hospital —para que la atendieran de caridad—, regresaron a Eyón, con el cuerpo inerte de la Negra.

Por la abundancia de escasez —sin posibilidades dignas de vida—, no tuvo acceso a los sistemas de salud, ni a autopsia o cremación alguna.

El ataúd de Carmen, lo prestó un amigo de Pedro. Y allí..., ¡yacía la Negra! ...:

Descansando de una vida llena de sin sabores, bajo la mirada vigilante de un cuadro del corazón de Jesús y con el aroma de unas flores blancas —dentro de un jarrón de madera—, ubicados en un rincón de la casa.

Cuatro veladoras tristes —una en cada esquina del cajón—, querían quemar sus pecados capitales: los del cuerpo y los del alma; para así, pasar al purgatorio...:

La última prueba, para ascender al cielo ¡y ser aceptada por el creador!

Entre rezos, cuentos, llantos y algunas caras demacradas por el trasnocho, las horas corrieron hasta el sol del día siguiente. Y desde la distancia despuntó, manifestando que sería el último sol para ella:

¡El de la despedida!... ¡El que jamás, volvería a ver!

CAPÍTULO 27

Cuando rayaron las siete de la mañana, los velones derretidos, uno a uno, se fueron apagando lentamente —de tanto llorar sus llamas—. Entonces, se dispuso a recoger el altar de la difunta.

Su entierro fue después de esa larga noche de velatorio, y con las primeras horas de la mañana: sin el sonar de las campanas de la iglesia, sin cura, sin monjas; sin tantos rezos, ni amigos. Sin bombos ni platillos, mucho menos, sin las tradicionales y protocolarias: nueve noches de los velorios.

Fue doloroso el despedir a quien endulzara la vida con su jocosidad y sonrisas. Quien colocó en la boca de tantos, los sabores de los frutos del mar.

Sólo siete personas caminaron junto al féretro mortuorio hasta llegar al cementerio, donde una bóveda —sin preguntas—, recibió a la vendedora de peces, de sueños irrealizables...

Ese día transcurrió sin penas ni glorias. Nadie más supo de su vida, mucho menos, de su muerte...:

Ni las revistas, los periódicos locales, ni los medios de comunicación internacionales; en lo absoluto, ¡nadie!... Mucho menos, esta incrédula humanidad: la que ese día, no sintió..., que también ¡moría!

Después del entierro todos regresaron por el mismo camino a sus diarios quehaceres. Mulé, se despidió de Pedro sin tener nada más que decirle.

Pedro, se quedó sin espadas para comenzar una nueva lucha, una vida nueva; pero esta vez, solo y desmotivado... Sin deseos de vivir.

A los pocos días de la muerte de la Negra, se supo la inesperada noticia: Pedro, murió ahorcado en uno de los cuartos de la casa. Así, puso fin a sus pesares y a sus innumerables historias…, sin títulos, sin nombres.

Ante los inesperados sucesos —amarrado de impotencia—, las preguntas mudas de Mulé, corrieron tras del sol para evaporarlo. Al fallar en su pretender, anduvieron caminando por las calles sucias, de arenas caliente y silente miseria, hasta el mar cercano.

Porque sólo el mar, y tan sólo él, subía sus olas

al cielo —sin restricciones—, para hablar de ellos, a Dios... A un Dios que no veían ni entendían, y si tenía cuerpo, ¡les daba la espalda!

"¿Y a dónde van, los que no tienen donde ir?

¿Dónde se quedan, los que no tienen donde estar?

¿Cómo amarrar el viento?

¿Cómo apagar el fuego que no se apaga?"

Esos fueron los interrogantes con tinte desafiante, que Mulé, hiciera, a lo que llaman: Creador.

Pero la lejanía en sus mismísimos confines contemplaba impávida e indiferente todas y cada una de esas necesidades del acontecer humano.

Poco había que hacer. Solamente, suspirar por ellos, aferrándose a la esquina de los héroes derrotados de las épicas batallas...

Haciéndose invisible para socavar la nada, hasta lograr, herir, su indiferente corazón.

CAPÍTULO 28

En tanto pasaban los días afilados de necesidad y de costumbres tristes, a lo lejos, sonaba el gran pikó —el Stereo—, su nueva música que ninguno tenía.

Un día de esos en que el Stereo chuzaba la madrugada con su espeluque, los gritos del vecino superaban sus decibeles. Mulé, corrió de inmediato para ver lo que acontecía. Al tocar la puerta, Teresa, salió a su encuentro, y exclamó:

"¡¡¡Ney está grave, vecino!!!

¡¡Tiene un fuerte dolor de cabeza!!

¡Hoy, se le arrebató!

Lleva mucho tiempo en ese son y ¡no sé qué hacer!

Cuando lo atacan esos males, ¡lo tiran al suelo!... No hay oración, ruego, ni menjurje que valga.

Tomó varias pastillas para el dolor y aguas aromática de hierba limón, pero ¡sigue rabiando!... ¡Vea! ..., ¡ese, sí es dolor macho!"

Mientras el convaleciente se retorcía del dolor y volteaba la cabeza de un lado para el otro —como pichón de loro, tragando pan—, ella, prosiguió:

"Me enteré de que por estos lados viene un señor que es médium de san Gregorio Hernández, el médico venezolano que murió hace mucho tiempo y dizque hace milagros. Desde mañana estará por acá haciendo consultas continuas.

Quiero que usted me haga el favor de acompañar a Ney, para ver qué dice el médico. Además no puedo dejar a Mandela solo, debo lavar un montón de ropa sucia y cocinar.

Dicen que el señor es paralítico y lo están trayendo todos los fines de semana. La cuestión, es que mañana sábado va a atender enfermos en la casa que era del viejo Merchán. De todas maneras mi marido conoce la dirección de la casa, él lo guiará hasta allá."

Cuando ella quiso terminar el cuento, las drogas y el agua aromática que tomó el convaleciente, hicieron sus respectivos efectos; contrarrestando la potente dolencia que hacía brotar las lágrimas en sus ojos. Parecía estar tocando el sueño con sus dedos, devolviendo su convulsionada noche, a la normalidad.

Ante tal petición, Mulé, asintió. Le dijo que pasaría temprano por él, para llegar a buena hora, y tomar oportunamente una ficha o turno para la consulta.

Entre tanto, un abanico eléctrico de los ruidosos y escachalandrados, soplaba aire cálido a la humanidad de Mandela. Quien roncaba de piernas abiertas, haciendo caso omiso al malestar de su progenitor.

Con el encargo de acompañar al adolorido, el meditabundo de Mulé, quiso buscar la ruta del sueño en medio de la quisquillosa duda.

Al siguiente día, entre oscuro y claro, pasó por Ney. El personaje ya estaba listo y vistiendo un suéter rojo, pantalón gris y zapatos negros.

Caminando en dirección al hospital ambulante —la casa de las consultas médicas—, el cabizbajo de Ney, manifestaba la preocupación de morir sin dejar un porvenir a su familia, puesto, que, los dolores de cabeza eran más seguidos e intensos.

Transcurridos los minutos, sus pasos acelerados fueron acercándolos al consultorio del místico humano: dotado de poder superior. Quien podría dar con la causa y la cura —certeras—, para sus males.

Al doblar la mirada hacia la cerca de palos de una de las casas aledañas —a la del fin—, Mulé, divisó a un colibrí cuyo plumaje brillaba al contorno celeste con sus diminutas alas —agarradas del viento—, y que fugazmente desaprecian en su misterioso aletear.

Con su cola y sus alas —como un remolino—, abaniqueaba sus adioses, y con su pico, besaba a un capullo de rosa roja que pendía de un oxidado alambre liso; que estaba amarrado a un poste esquinero de la casa, donde atendía, el tan mencionado doctor...:

¡El curandero de rezos y plantas desconocidas!

Claro, que..., el colibrí, sabía que andar en el viento era un acto irreverente para con ellos. Porque las aves son afortunadas en su 'inconsciencia', y andan en el aire: para no dañar, ni destruir.

Adrede, Mulé, pensó a la velocidad de sus alas y dirigiéndose al colibrí —en voz alta—, prorrumpió:

"¡¡¡Carajo!!!...

¡¡Tan chiquito y suertudo!!...

¡A mí, no me dieron alas; sólo pies..., para que me duelan! ..."

Los ojos de Ney se agrandaron por la sorpresiva expresión de su acompañante y soltó la risa en medio de su dolencia, espantando al diminuto pájaro.

Inevitablemente debían pasar por el marcado territorio del colibrí y ante el paso de la atemorizante presencia humana, atinó a la sabia decisión de preservarse; apresurando el vuelo ante una posible amenaza.

Y se fue a regar el cuento a otros jardines de flores silvestres, que, seguramente, estarían enamoradas de su largo y negro pico: por beber el néctar de sus labios de pétalos, y sus almas perfumadas.

Ante el zigzag vacilante de su cuerpo —a la velocidad de luz—, desapareció cuando quiso y sin dejar rastro alguno. Mutilando la contemplación, de cualquiera, que quisiese mirarlo.

El capullo de rosa —desnuda y sin nombre—, no pronunció palabra alguna a Mulé. No se agachó: ni a su paso, ni a sus miradas; pero dejó en claro que volvería al frío de sus soledades, para esperar erguida y con los pétalos abiertos, las caricias del viajero colibrí...:

El que enamorara… ¡A la rosa del viento!

CAPÍTULO 29

Los hechos avisaron el advenimiento de lo inevitable. No era fácil ver a un extraño: teñido de blanco, mojado de canela, y caminando —como si nada—, en medio de la muchedumbre aglomerada.

¡Y qué hará, éste por aquí?

¿¡Qué enfermedades tendrá!?...

Esas fueron las preguntas de corrillo que se rumoraran y brincaran, de cabeza en cabeza, en medio del silencio. Refiriéndose al forastero, quien respirara y viera girando sus pensamientos, cual, disco de vinilo, en la vieja vitrola de sus cabezas.

No requirieron de bocinas ni telegramas para enviar a sus diligentes oídos: la noche eterna, de las mareas en celo.

Faltando una cuadra antes de arribar a la casa-clínica, vieron una larga fila de personas preñadas de ansiedad. Entre mujeres, hombres y niños —al menos—, había unas ciento cincuenta personas apiñadas; quienes por la apariencia de sus rostros —no tan saludables—, dibujaban un panorama desconsolador. No obstante, tenían algo de fuerzas para mantenerse en pie.

Obviamente, a Ney, le tocó el último turno de la fila. Allí se enteraron de que el vidente tenía ciertas cualidades y dones sobre algunos elementos de constitución material y espiritual.

Que trataba a sus pacientes con plantas curativas y ciertas oraciones, que, exclusivamente, él conocía y entendía.

Al parecer visitaba muchos pueblos y caseríos con el objeto de esparcir su buena labor —como frutos del huerto—, acrecentando cada vez más la fe de los creyentes: curándoles las enfermedades del cuerpo, el espíritu y el alma, por medio del espíritu del santo Gregorio.

Dos horas extensas de tediosas ansiedades le decían a Mulé, de las básicas necesidades humanas...:

- "De la búsqueda constante de la cura para las enfermedades...
- De la debilidad que acongoja al humano ante lo que se le escapa sutilmente de las manos...
- Y de esas personas, que —junto a Ney—, buscaban a través de eso…: El lugar tranquilo,

de los templos que duelen.

Quizás sea en el cuerpo, la mente, el alma o el espíritu… Tal vez, el cuarteto, sea sólo, una dimensión a tratar.

¿¡Y dónde se esconde el dolor, cuando queremos matarlo!?..."

Fue el interrogante postrero que surgiera del observador, luego de su matutino cavilar.

Lo trascendental e inverosímil del cuento era el ver la multitud estrujándose como moscas en leche. Era una mezcla racial —sin estratos—, que agrupó...:

Negros, mulatos, mestizos, indios, orientales, y blancos; a la espera de su momento —como cualquier otro mortal—.

Al acortarse la fila le tocó el turno a Ney. Quedó, exactamente, en frente de un señor cabeza de totumo: redonda y rasurada de cabellos, hasta donde llegan los pensamientos.

Su frente era grande y su piel estaba marcada por tres líneas horizontales, por fruncir el ceño. Unos seis o siete pelos yacían sembrados —a lado y lado—, del arco de sus cejas peladas. Era, de chata nariz y boca leporina, que —por estar machucada—, tenía cierta torcedura que delataba los dos últimos dientes que le quedaban de la guerra de sus días. A través ella, le escurría la saliva, un tanto embriagada del olor de la algarroba. Alrededor de sus extraviados labios jugueteaba una que otra diminuta plagüera, bailarina de sus olores.

Su tronco era jorobado y sus brazos —que apenas salían del cuerpo—, eran muy cortos y deformados. En su mano izquierda tenía cuatro dedos y, en su derecha, tres. Sus piernas no conocieron la definición de la línea recta y en sus pies descalzos, murmuraban, rabiosos, sus cuatro dedos torcidos.

Se hallaba sentado en una vieja y oxidada silla de ruedas. Vestía una translúcida franelilla blanca que dejaba ver sus tetillas de verano. Los ensortijados pelos de su pecho de morrocoy le salían a través de los orificios de la tela. Tal vez tenía cuarenta años, arrancados, del árbol de sus días.

A su lado estaba una señora trigueña, algo delgada y baja de estatura. Sus cabellos negros le sobrepasaban los hombros —eran de hebras gruesas y onduladas—. Sus hombros cadavéricos sostenían los tirantes del traje café, que le llegaba: un poco después de sus rodillas y, poco antes, de la cascada de sus tobillos flacuchentos.

Unas cejas escasas alumbraban la oscuridad de sus ojos tristes y las pestañas —como luces navideñas—, soplaban el cristalino de su ayer.

La voz ronca le estaba manoseada por su nariz tosca, y en la boca de labios engrosados —de un suave matiz violeta—, le fulguraba el ardor de...

¿Quién sabe!...

¿Cuántos besos esquivos y embriagados de

olvido!, atracaron sus orillas.

Al otro lado del médium —debajo de la silla de ruedas—, estaba un armadillo con un caparazón de cascada, cortas patas —de uñas endiabladas—, y una cola puntiaguda. Con su hocico largo hacia surcos en el piso de arena compactada; allí buscaba el esquivo alimento, que, seguramente, era una lombriz de tierra.

Cuando el paciente hubo de estar en frente de ellos, ¡no supo qué decir! Pero la asistente expresó unas cordiales palabras de bienvenida, rompiendo el hielo y haciendo la pregunta indicada:

"¿En qué les podemos servir?"

Al escucharla, Ney, hizo alusión al prontuario de sus dolores en cuestión de un minuto. Y ella, repuntó:

"¡Soy la asistente del señor!

Él, tiene problemas para hablar, pero escucha muy bien. Les transmitiré sus conceptos y recomendaciones médicas.

Antes de la consulta, debe concentrarse durante unos minutos, para poder reconocerlo."

Bajo la mirada de águila del médium —quien observaba fijamente—, la interlocutora, continuó:

"Si viene por una consulta, no le cuesta nada. Pero si desea dar una donación..., se la recibimos con gusto."

Ney, le hizo saber que comprendía al pie de la

letra todas sus indicaciones. Seguidamente, lo hizo sentar en un taburete de espaldar roto que estaba ubicado al lado del médium; ahí estuvo presto a escucharle.

Al iniciar la consulta, el paciente, le hizo saber al vidente que padecía de fuertes dolores de cabeza y quería saber la procedencia de sus males.

Con su voz enredada, el señor, hizo algunas preguntas que —naturalmente—, el paciente no entendía. Pero la asistente contrapunteaba deprisa ante el comentario del médium, aclarando, los interrogantes.

Entre las preguntas y las respuestas tal vez pasó madia hora, hasta que el señor —en profundo estado de meditación—, entre: pálido, sudoroso y en un trance raro, llegó a su dictamen final...:

Ney debía volver al día siguiente, a primera hora y en ayuna…, ¡para una cirugía!

El motivo de sus dolencias era un quiste que estaba alojado cerca de su silla turca, y el doctor, José Gregorio, debía operarle ¡inmediatamente!...

Al escuchar tan descabellado diagnóstico, enseguida, se blanqueó de desconfianza: ¡huyó de la fe! En un santiamén, la tiró al piso, por su incredulidad de humano.

Con un nudo atravesado en la garganta los interrogantes lo estrujaban interiormente y lo hacían salir del cuerpo, para: devolver el tiempo, arrancar ese presagio del viento, y así vivir en perfección.

CAPÍTULO 30

Ciertamente surgieron un sin número de cuestionamientos que quedaban sin piso ante cualquier intención de objetar un dictamen de tal naturaleza, sin tener la certeza, de que el enunciado, fuese: ¡cierto o falso!

Invadidos de preguntas y nervios por el desconocer de lo mundano, lo místico y científico, prosiguieron los conflictos del pensar que conllevan a la duda existencial.

¡Claro!...

¿Cómo iba a operarlo alguien que contaba con tantas limitaciones físicas...?

Aunque, evidentemente, le tenían mucha fe, por esas conductas generacionales de preceptos heredados.

Para acabar de rematar...:

¿Cómo era posible que un señor en el estado en que se encontraba este, desvalijado de toda idea de conocimiento transmitido —por colegios o universidades, y sin postgrados ni pergaminos—, pudiera emitir conceptos de lo concerniente a la perfección y al desorden del complejo ser humano: de su salud y enfermedad?

Estaba totalmente inhabilitado para hacer cualquier cosa que significara movimiento, por lo tanto, él… ¡¡No podría operarle!!

Y como gallina mirando sal, inmediatamente, Mulé, dudó de la asistente con cara de: ¡Yo, no fui!...

Y echándole más limón a la herida, el lugar donde se llevaría a cabo dicha cirugía era una casa enclenque, con techo alto, paredes desmembradas, y la ausencia del aire acondicionado daba la certeza de estar radicado en una sucursal del infierno.

En definitiva, estaban bien lejos de las comodidades y asepsias que ofrecían los hospitales o clínicas de renombre.

Claro, ante semejante noticia, el rostro de Ney se tornó del color de la cal.

¿Qué se iba a imaginar ese cristiano, que sus dolores, eran la manifestación o estaban ligados a un desorden neuronal en su cabeza rumbera?

¿Quién se iba a tragar el cuento de que un señor, con tantas limitaciones, le iba a sugerir tan descabellada idea:

¿¿¿Abrirle la cabeza para curucutearle el cerebro, hasta extirpar un quiste???...

¡Uff!, ¡ya eran palabras mayores!

Lo peor del caso era creer, que, un espíritu —que no se podía ver, ni tocar—, quirúrgicamente le operaría.

Esas ideas ¡ya eran marcianas!

Ante la escasez del dinero, él debía tomar una sabia o descabellada decisión. Guardó silencio en medio de la noticia e hizo un gesto dubitativo, pero, al final, confirmó su presencia asintiendo con su cabeza; a punto de estallar, a lo Hiroshima y Nahagasaqui.

Del bolsillo izquierdo del pantalón sacó una billetera marrón, extrajo un depreciado billete, se lo entregó a la señora, y dando las gracias regresaron de vuelta a sus lugares.

CAPÍTULO 31

En el camino de regreso, el involucrado en semejante locura manifestó no querer comentarle a Teresa, la intención real del santo. Le diría que sus dolencias eran producto del estrés generado por el trabajo y que le había medicado unas aromáticas de hierba buena, con baños de hojas de mata ratón hervidas —durante quince días y con la luna llena—.

Al retornar a la vieja cabaña, el meditabundo, buscó en medio de los rincones causales de su soledad, el razonar, al punto del susto:

"¿Qué se puede hacer o decir ante la inmensidad de lo que desconocemos?", se preguntó.

Desde su aposento y con la mirada clavada en las palmas del techo —contándolas, una a una—

, alcanzaba a escuchar los murmullos de Ney y Teresa.

Por el tono de la acalorada conversación, escondían del aire sus palabras; cubiertas del sosiego, de una mentira piadosa.

En un abrir y cerrar de ojos las horas del día se escurrieron al tic-tac de los pulsos escondidos del reloj del tiempo.

Una gruta de rocas inmarcesibles amplificaba las vibraciones del corazón, que, rodeado de malezas y del lejano panorama resplandeciente, buscaba una guarida para el colapsar de sus latidos; al borde de un momento de incoherencia.

Sentada en su nido, una gallina javá, cacareaba en su alboroto, la meta del día:

¡¡Poner un huevo!!

¡Tremenda bulla, la que hacía!...

¡Claro!, a puro amor lo tejió en su vientre para después ponerlo, casi..., ¡rompiéndose el c ...!

Después, los humanos —ni cortos ni perezoso—, nos comernos su extensa agonía.

Cumpliendo su cometido, la gallina javá salió de su nido para sacudir los dolores del parto: abriendo sus alas, y aleteando su desordenando y rizado plumaje.

Al divisarla, el varón del corral, la correteó hasta el cansancio y luego de unos segundos de eufórica persecución —por esquivarlo—, con una coquetería, finalmente se tiró al suelo: presta, a las patas y al filoso pico del gallo.

Después de agarrar su cresta y acomodarse encima de ella, vino la dicha del inmediato deleite. A vuelo de pájaro la gallina se sacudió en éxtasis, en tanto, el gallo, agradecía al cielo por los detalles del día.

Los destellos solares fueron tornándose de color gris. La brisa que venía brincando desde lejos —de océano en océano y de continente en continente—, traía un olor a tierra mojada e intempestivamente el cielo rompió su llanto; derramando diminutas y cristalinas gotas de lluvia, que rociaban la intranquilidad de esa noticia inesperada.

Sin tocar la puerta de los ojos de Mulé, se vino ese torrencial aguacero ¡como mandado de Dios!, y sacudió el silencio de sus oídos...:

Arados de luz, sembrados de mar, y ungidos de amor.

Una a una, las gotas de lluvia se sentaban en la melancolía de sus recuerdos perennes.

La lluvia dejó caer su alegría sin fin y sacudió su vestido de cristales a los rayos del sol del conejo, para mojarlos de ella.

Así, mezclaron sus antojos y dibujaron su cariño de infinitos colores, mientras, a lo lejos, vio al arco iris subir al cielo: para arrojarse al fuego, del mar de su frente.

Durante el torrencial seguía la duda taconeando en su pensamiento y sofocándolo al calor de un, tal vez..., que se negaba a perder, ante tanta casualidad.

No podía ser cierto el dictamen que escuchara del personaje enigmático, estampado de sencillez. Pero era ¡grande su callar!, sentado en su silla de ruedas: sin son, ni ton alguno.

CAPÍTULO 32

"¿Cómo podía ser posible? ¿¡Quién hubiera podido con bases sólidas, sustentables y demostrables, objetar la verdad o la mentira!?..."

Se cuestionó nuevamente, y prosiguió:

"En esos momentos...:

La razón, tenía la verdad..., y la fe, también. Pero ambas podrían estar mintiendo. Entonces, había que dudar, y también creer.

El de las dolencias, en su desespero, recurre a la búsqueda de la cura sin importar de dónde ¡carajos!, ¡proceda la solución!

Entre: creer o no creer, y hacer o dejar de hacer las cosas, sólo hay una pequeña distancia… Esa, es: la duda." ... Concluyó.

Cansado de tanta fregadera, por fin, se rompió la duda, en la cabeza de Ney. Como su bolsillo no daba para pagar médicos ni clínicas costosas: enfrentar sin capa y sin espadas el devenir de su suerte..., era la solución.

Batallaría en los campos de las noches venideras sus gotas de vida, sin importarle, que la errante del infierno anduviera con su hoz: cazando al débil y al fuerte; al neófito y al intelectual. Asegurando sus destinos, al final de su paciencia.

Como la noche era más oscura casi se podían enajenar las deudas espirituales. Uno que otro olor a calilla vieja se entremezclaba con el humo blancuzco de una basura maldita, que, por tener leña de palos de mangles, nunca se apagaba.

El ruidoso chasquido de las chicharras superaba al de los grillos saltones. Camufladas, entre las ranuras de las puertas, gritaban cuentos de sirenas enamoradas que yacían sobre los espolones de rocas; silbando y cantando hermosas letanías, cada vez que la luna se llenaba.

Para enaltecer el concierto nocturno, unos puñeteros sapos, en su raro lenguaje, a puro pulmón entonaban canciones con sátiras de un amor pendenciero.

Las ranas del charco contiguo lanzaban dardos de sugestiva insinuación, a la desaforada lujuria, de la fornicación.

Mientras las chicharras y los grillos; los sapos y las ranas; mientras la noche y su olor...:

- "¡La duda, la razón y la fe, sostenían las

batallas de siempre!

- La razón preguntaba, a la duda: ¿por qué la fe no quería venir?
- Pero la fe subió a la montaña y la hizo temblar, porque una duda, había asaltado a la razón."

Al meditarlo de esa forma, la noche y sus olores, anduvieron con Mulé. Y el sol se durmió en brazos de una nube mensajera, de esa noche que viniera, a recordarle: que otra aurora, montaría su potro de ilusión.

Cuando creyó estar durmiendo, ya la claridad del día siguiente se escurría entre las ranuras de la puerta de tablas, de la habitación. Posteriormente, chilló la puerta del patio y la voz de Ney, lo instó a levantarse.

Una vez incorporado, notó la cara de Ney con un deslumbrante desasosiego. Que hasta rechazó el café tinto que le bridara, por darle una noticia:

"¡Voy para la cirugía, acompáñeme!

¡¡Voy, para esa!!

Si hoy, es mi día..., ¡que suceda lo que tenga que suceder!

No hay dinero y ya quiero salir de esto."

Su amigo no quiso objetar nada respecto a su decisión. Sin embargo, le recordó que desde tiempos inmemorables se habían registrado casos de sanaciones milagrosas, y que, su caso, no sería la excepción.

"Muchas enfermedades fueron y son sanadas

mediante la fe, las ciencias médicas, homeopáticas y de otras naturalezas. Ante cielo y la tierra todas son posibles, son: causa y efecto.

Proporcionalmente todas tienen la razón, pero también yerran, en cuanto a dudar de las demás.

Con los lustros venideros apuntaran en una sola dirección, atinando en beneficio de un único fin: ¡el Ser humano!

No puede existir el cuerpo sin lo divino, ¡son inseparables!... Por lo tanto, es imposible curar por separado: al cuerpo, del alma…, porque conforman un Universo."

Después de reflexionar sobre esas cosas complicadas, a Mulé, no le quedó otra opción, que acompañar al paciente.

Cuando quisieron ser las seis de la mañana ya iban camino a lo desconocido y sus ojos orbitaban en dirección ninguna, mientras las pisadas dialogaban entre sí.

Con su perfume de coco rancio que patinaba a la exquisitez de los perfumes de oriente y su pinta clásica de mortuorias, médicos y fiestas, se escondía detrás de su pecho; como protegiéndose de lo que enfrentaría, sin ser dueño de nada.

"¿Qué le esperaría?...

¿Qué le depararía su suerte? ..."

Esas fueron las recurrentes preguntas que Mulé evitó gesticular para no joderle los oídos, al paciente, que iba directico al matadero. Llover sobre mojado, en esos momentos, era tipificar la necedad.

Uno a uno pisaron los granos de arena sin compasión alguna, al fulgor: de un caminar raro, una mañana nueva y de un plan diseñado para realizarse: ¡el suyo!

Eran unas pocas cuadras las que apenas los separaban de lo real y lo ficticio. La isla dormía, mientras, una que otra ave de corral, cantaba sus silvestres querencias al asomar los rayos del mañanero.

Lentamente despertaba la vida y tiraba las sábanas del sueño a un lado de la pereza, y las intenciones de prevalecer subían desnudas a la cordillera invisible de la perseverancia.

El aroma y el sabor de un café tinto, recién bajado del fogón, aceleraban la sangre hasta el punto de ebullición. Tal, si fuera, una carrera, con las revoluciones de un viejo motor encendido..., dentro del corazón.

CAPÍTULO 33

Los alcatraces que venían de regreso volaban lentamente —uno detrás de otro—, buscando un lugar del océano que les permitiera pescar sus peces, para mitigar el hambre. Algunos, casi al borde del desmayo, se rezagaban ante el paso apabullante de los que imponían el ritmo de vuelo; por momentos aceleraban el abaniqueo de sus largas y débiles alas, pero no era suficiente.

La mayoría de ellos sucumbían a la inevitable decisión de caer en los brazos del mar; entregados a los cazadores furtivos de las profundidades. El resto, seguía su curso sin intentar siquiera salvarles.

Pero eran los mismos alcatraces de siempre, los de las mismas rutas, los del mismo: ir y venir.

Eran muchos los que día tras día madrugaban para entregarse al aire cálido de la madrugada, y al atardecer, morían en el mar, al borde de sus regresos. A pesar de su estoico peregrinaje era alarmante su disminución numérica, por el advenimiento del tiempo.

Con el desaparecer del vuelo de los alcatraces, los caminantes llegaron a la casa del pretil alto, y de un melancólico bienestar: ¡la clínica ambulante!

En medio de una budista calma divisaron al señor misterioso de miradas tiznadas y apariencia desvalida, sentado en su silla de ruedas y a un lado de la puerta que daba para la calle; hablaba con fantasmas y espíritus del otro mundo.

Por su puesto, la asistente palidecida de desgreños y el armadillo arador de sustentos perdidos completaban la escena criolla del cuadro de la última cena.

La casa estaba casi en el suelo. Sus paredes de material las sostenían unos horcones viejos de árbol de carbonero. Unas oxidadas tejas de zinc, que tenía por techo, cortaban lacónicamente la claridad; la sala era pequeña, y en ella, había dos mecedoras tejidas con pedazos de plásticos de varios colores.

Recostado en una esquina de la sala había un antiquísimo televisor rojo —de marca Toshiba—, cuya pantalla sucia y quebrada en uno de sus bordes, gozaba de ocho pulgadas de diámetro. Estaba apagada por causa de la energía eléctrica, que, como cosa rara, para esos días no llegaba a Eyón.

Enfrente de las mecedoras estaba una cortina —medio blanca y de tela transparente—, que cubría una puerta de hojas dobles, medio sopeteadas de verde.

Encima de la puerta y colgado de un clavo de acero de cinco pulgadas, como para que no se cayera, tenían un cuadro con la imagen de san Gregorio.

En frente del cuadro y en su parte inferior, le adornaban silvestres y perfumadas flores blancas, entre ellas: bouquet de novias, lirios, y una que otra flor de amor.

De lado y lado del cuadro, en sus respectivas esquinas y en forma de pilares, se hallaban dos velones blancos encendidos que alumbraban —derretidos—, entorno a la imagen y la paciente mirada del santo, sin canonizar...

Con su sombrero negro, cejas de rayos, nariz griega y boca franca sustentaba la elegancia: de un vestido entero negro, una camisa blanca y una larga corbata negra; que le ajustaba el cuello, hasta el asombro.

Un ininteligible de añales saltó de la ciencia médica hasta la fe, erigida por lo divino. Un aroma de misterio y un señor deformado de materia, pero construido de espíritu, iluminaban el silencio de esos instantes sin descendencias.

¡Pero la suerte estaba echada! Sin tanto preámbulo, al saludarles, la asistente les hizo ingresar a la sala mientras se disponía a preparar al médium para la cirugía.

Al rato llamó a Ney, a quien, antes de entrar a la habitación, le hizo quitar los zapatos de charol y sus medias azules; venidas de alguna trinchera, por sus incontables huecos.

Después lo hizo recostar en una colchoneta de espuma en precario estado y cubierta por una sábana blanca. En las mismas condiciones de deterioro estaban las otras dos colchonetas que sostenían los cuerpos enfermos de otros pacientes, sus dos acompañantes de cuarto o de cirugía: una señora blanca —sesentona—, colocada en la mitad; y un señor moreno —que apuntaba a los cincuenta y algo—, del otro lado de la pared.

Esos fueron los rasgos que el observador apreció de la fisionomía de los demás pacientes, poco antes, que la asistente, cerrara la abertura de la cortina.

Mientras tanto, de espalda a la pared derecha que daba para la puerta de la calle y al lado del médium espiritual, sentado en la silla, estaba Mulé. Quien se enfrentaba a una rara dicotomía, a sabiendas...:

De las miradas del santo del cuadro, del armadillo rebuscando sus lombrices, de la asistente flaca, y del médium inválido. El que completaba la suntuosidad de ese momento, sin explicaciones reales en el vademécum de la ciencia.

Nada podía ser más elocuente para él, que, ese panorama, empotrado en la constante idea de no saber:

"¿A qué pertenecemos? ..."

Así pasaron varias horas hasta que se hizo la una de la tarde: crujía el zinc —por el fastidioso calor—, sudaban los miedos, la garganta ¡rogaba humedad!... Y callados, al momento, los dos extraños...:

Doblaron la soledad de la casa, guardándola, en un bolsillo del silencio...

CAPÍTULO 34

Luego de dejar todo en perfecto orden y funcionando sobre ruedas, la asistente dijo que saldría hasta la tienda más cercana para comprar algunos víveres. Que en cualquier momento regresaría y que todo quedaba en buenas manos —refiriéndose a los pacientes que estaban dentro del quirófano espiritual—.

Obviamente, Mulé, no dudó de la intención de sus palabras que amasaban un elocuente preaviso. Sin embargo, buscó la espera más allá de la impaciencia, en el lugar, donde reposa la calma.

Estampado de olvidos subió a la telaraña que estaba en un rincón de la deteriorada casa: estropeada por el polvo y la ausencia de colores que vagaban en otras esferas, sin saber, de su melancolía.

Hacía días que una escoba no pasaba por los rincones de esa casa. Se notaba la ausencia de cariño, o más bien, había exceso de dejadez.

"Pero... ¿Qué importaba una telaraña más en un rincón de su decadencia?...

La casa se caía y, con ella, ¡todo! Claro, por una razón de ser..., sostenía su peso. A razón de muchas batallas sin glorias.

La telaraña estaba sostenida de las dos paredes que se dieron cita en una misma esquina. Exactamente —en su vértice—, la luz hendió su beso de encuentro para sembrar entre ellas, en vez de espinas, su claridad.

La erosión y la inestabilidad del suelo les había demostrado, que, nada sobre él, es eterno.

La Tierra crece lentamente acomodándose en su cama universal; estremece su cuerpo, y en su núcleo, el magma incandescente genera vida para nuestras vidas —buscando sin tanto alboroto, su equilibrio—.

Los humanos sólo temblamos, cuando ella tiembla. De lo contrario, diariamente la ignoramos clavándole dardos de destrucción.

Pero también temblaba la araña que estaba en el centro de su casa y a la espera de una mosca desprevenida, que, seguramente, vendría de algún humedal o charco cercano de aguas purulentas.

La araña que sostenía su sueño de mosca

jugosa engañaba con artimañas la libertad pasajera de su desprevenida presa. Esta, de tanto revolotear, al fin cayó enredada en una trampa sin regresos...:

También la mosca, la araña, y todo lo demás..., tienen ¡su indescifrable cárcel!"

Esa fue la conclusión definitiva del sigiloso observador. Después de interiorizarlo, nada lo contuvo, ante la retórica de la imaginación.

Debajo de la araña y la mosca —en el mismo rincón—, estaba la soledad de una vieja lata de galletas de color rojo con letras blancas. Ubicada en la esquina, sostenía a una mata de coroto de hojas verdes y amarillas; las hojas moribundas ya estaban tiradas a la desdicha de su negado porvenir, y predestinadas a caer en la arena seca de la matera. Con sus hojas porosas de seguro nada bueno le esperaba, porque hasta un proliferante hongo hacía las de san Quintín, con su clorofila.

En el borde de sus hojas ya la muerte daba sus pasos de animal grande; por estar desalmada y sin fe. Las hojas desmayadas hallaron su descanso eterno. Es por eso, que...:

"Si muere el tallo, también, perecen las hojas."

Absorto en la meditación canicular, en la frente de Mulé corría un arroyo de sudor, y el tiempo —tal si fuere un morrocoy—, pasaba en cámara lenta martillándole los párpados al madero del sueño.

Con cada segundo ido el destino los azocaba contra una astilla clavada en la suntuosidad del vacío.

Inconscientemente le contrariaba, pero, en cada intento, era derrotado en sus intenciones de permanecer despierto; para estar pendiente de Ney.

De improviso, rápidamente espantó sus sombras al paso del húmedo hocico del armadillo juguetón, que buscaba, entre sus dedos de fideos, hormigas y lombrices de tierra —las sentenciadas a ser su sustento del día—. Pero estaba ¡desorientado y débil!, se denotaba en la flacidez de su piel y el caparazón.

Pero el armadillo se fue corriendo hasta el centro del piso para husmear su alimento debajo de un viejo tapete, que no era persa; se veía enchumbado de barro y le era notable la decoloración por el paso de los años. De seguro, hubo de brillar, como perlas preciosas.

En otro rincón de la sala estaba tirada una tasa pequeña de aluminio. Contenía un poco de leche grumosa, y haciendo burbujas, con su sabor, yacía un gato de tres meses de nacido; cuyas carnes no hacían honor a las fuerzas porque su huesamenta ya era un edicto de exilio, al otro mundo.

El misterioso de la silla de ruedas —de forma sospechosa—, se mojaba un sueño o nadaba en la meditación de algún lugar inhóspito del Tíbet.

En frente de ellos, pero aislados por la cortina blanca, estaban: Ney y sus dos acompañantes, guerreando en sus luchas médicas y espirituales contra los males; batallando por sus venturanzas.

A la izquierda de los silentes mosqueteros había una puerta que daba para la cocina y el patio. Inmisericordemente, estaba encharcado por el aguacero de la noche anterior.

Lo raro es que a los pacientes del quirófano no les dieron nada de beber o de comer, además, estaban en ayunas. Nomás fueron alimentados por los tres Padres Nuestros y las cinco Aves Marías que antes de ingresar a la sala de cirugías, la asistente, les recomendara hacer.

Posiblemente siguieron al pie de la letra las indicaciones dadas para buscar la cura a sus dolencias: aclamando piedad y compasión, a la benevolencia divina.

"¡Amanecerá y veremos!... Le dijo, el ciego al cojo." Esa fue la expresión de Ney, poco antes de entrar a la clínica mística.

CAPÍTULO 35

Negándose a dormir, el acompañante del convaleciente batalló seis largas horas a la espera de ver o escuchar algo, pero ¡nada de eso sucedió!: no hubo ruidos, gritos, ni gemidos.

De repente apareció la señora trayendo una bolsa con franjas azules y blancas que guindaba de su mano derecha. Era la comida que prepararía para el almuerzo.

Dejando la bolsa en el piso entró hasta la habitación donde estaban los enfermos y procedió a despertarles sutilmente.

Al salir de la habitación la asistente colocó sus manos sobre la cabeza sudorosa de Ney, posteriormente agarró su hombro derecho, y expresó:

"¡¡Todo salió muy bien!!

Pase en frente del médium, para que le observe."

Haciendo lo indicado se dejó untar por las miradas compasivas del inválido, quien, al detallarlo fijamente —luego de unos segundos—, hizo un gesto optimista, y con incomodidad: movió la cabeza, llamó a la colaboradora, y le dijo algunas cosas que tradujo a la perfección.

Con la despedida vinieron las recomendaciones médicas de rigor. Debía guardar absoluta quietud durante cinco días, período, en el cual, le estaba prohibido: mojarse la cabeza, hacer trabajos pesados, coger rabia; y mucho menos..., ¡galantear a Teresa!

Que el ingerir abundante agua y jugos naturales durante los días de su cuarentena, le ayudarían con su recuperación. Y que, efectivamente, el santo le había extirpado un quiste cancerígeno en su cerebro de totumo.

Al escuchar las recomendaciones y con una alegría disimulada, rápidamente sacó del bolsillo de la camisa un billete y se lo dio a la asistente del médium —en agradecimiento por la labor cumplida—.

Y regresando a la velocidad del perico ligero montado sobre el lomo de una tortuga marina, el paciente, por causa de su sanación, caminaba como un caballo percherón, sin doblar la cabeza.

De vuelta a las cabañas, lo puso al tanto de su inimaginable experiencia. Desde el momento en que lo acostaron en ese viejo colchón, hasta el instante de su despertar:

"Bueno, cuando me acosté, cerré los ojos y recé las oraciones que la señora me recomendó hacer; no me las sabía completas, pero hice lo posible por terminarlas.

Siempre tuve la desconfianza del pato: abría un ojo, de vez en cuando; porque no puede dar papaya, mucho menos, en estos tiempos."

Con el transcurrir de la primera hora el inmiscuido en el asunto, escuchaba: los latidos del corazón, el traquear del zinc —por la alta temperatura—, el respirar de los compañeros de habitación, y el rodar de las gotas de sudor: socorriendo la sed de su cuerpo incómodo.

Después le sobrevino una borrachera o estado de somnolencia que en algún momento le desconectó la corriente, quedándose dormido.

Seguidamente, soñó que estaba acostado en la camilla de una habitación —iluminada por una luz blanca y brillante—, que conservaba un olor a alcohol con ciertas esencias desconocidas.

En frente de los pieceros de la camilla se le apareció un señor: alto, blanco, que usaba corbata y un vestido entero negro. Quien tenía los mismos rasgos físicos del santo del cuadro.

Que a su lado estaban cuatro personas más —dos de cada lado—, que vestían batas blancas, usaban guantes quirúrgicos y cubre bocas.

De inmediato sintió las miradas del santo

clavadas en sus ojos, mientras las manos, palpaban su cabeza de binde.

A cada instante la presencia de una fuerza superior era restauradora en él.

En lo profundo del sueño, dicha fuerza o energía, lo mantuvo despierto hasta cuando una suave mano pasara por sus ojos, cerrara sus parpados, y lo trajera devuelta al mundo: a la una de la tarde —la hora en que despertó—.

La señora que tenía a su lado le manifestó que había llegado hasta ese lugar, porque padecía de un cáncer estomacal.

Que su devoción por el santo era tan grande que empezó a sentirse mejor desde que la estaba tratando, y que después de varias citas, ese día, era el de su última cirugía.

La medicina convencional le había dado corto plazo a su vida y la desahució de esperanzas. Que, a su alrededor, también hubo personas con vestimentas médicas que anduvieron su vientre durante un buen rato; después se quedó dormida en su sueño y despertando con más ganas de vivir, que dibujaron la alegría en su rostro.

Recordó que fueron tantas las bondades del santo con sus familiares, que, con ella, ya eran tres los beneficiarios de sus milagros. Motivo, por el cual, su fe se acrecentaba día tras día y los llenaba de razones para seguir conservando sus principios religiosos.

Para terminar con las anécdotas milagrosas de

sus compañeros de quirófano, dijo que el último paciente durmió seis largas horas, pero no vio ni sintió presencia alguna a su alrededor.

El médium le expresó que era hombre de poca fe, y por esa razón, no le visitaron durante el sueño. Pero le sugirió volver porque el santo, le iba a curar.

CAPÍTULO 36

Ney, estaba tan maravillado con las narraciones milagrosas que hasta quedó convencido de que un suceso de tal envergadura se guardaba para él. Lo que hizo que experimentara una fuerza inmaculada y descomunal dentro de su ser; a la que le dio créditos inmediatos, de fiel devoto..., convertido.

Casualmente el receptor de su fulgurante emoción pensó, que:

"Entre los distintos eventos de personas que eran usadas como médiums del santo y que geográficamente vivían muy distantes, a lo largo de la topografía isleña, había una sincrónica causalidad entre sus 'coincidencias'.

Es un punto de equilibrio que lleva por nombre: ¡la vida! Lugar donde concatenan —a pesar de las condiciones adversas—, los abismos que separan: la salud, de la enfermedad.

Por eso los dogmas arraigados en algunas creencias —no científicas—, son demostrables en lo perenne de las obras místicas, porque...:

Recuerdan, al recuerdo, que el dolor es sólo un olvido de la memoria.

Los seres de luz —ángeles, santos o divinidades, etcétera—, sin importar el nombre que adopten ni la religión de donde procedan, se manifiestan para una función específica y se valen de algunos humanos receptivos —desvalidos o que viven en condiciones extremas—, que gozan de una alta vibración.

Por eso buscan, a través, de ellos, ser presentes en la humanidad que padece enfermedades de distintas naturalezas. Con el propósito de generar cambios vibratorios a nivel de la consciencia colectiva.

Pero son obras místicas que no dejan rastros en la consciencia colectiva, porque no se glorifica en las obras del hombre, sino, en los hechos de su creador.

De manera concluyente, es preciso decir, que...:

El Universo vibra en busca de su constante equilibrio, y el estado ideal del equilibrio, es... La salud del cuerpo. Por tanto, es él, el Universo."

Pero un ventarrón venido del mar lo desconectó de su extasiado momento, y el sol abrazador le hizo recordar: que Ney, seguía escupiendo palabras. A las que les había perdido el hilo, por causa de su reflexivo silencio.

Así, recordó que seguía caminando y escuchando al intervenido con su magnánima experiencia celestial.

De esa forma se despidieron de una historia muda que esperaría, dormida..., un mañana para despertar.

A sólo unos metros de las cabañas, Teresa no se aguantó las ganas de verlo venir. Al divisarlo, salió corriendo a su encuentro y buscó refugio en los brazos de su amado; pretendiendo que la apretazón le recordara: que aún seguía vivo y que estaría junto a ella, por mucho tiempo más.

Las lágrimas en sus ojos no se hicieron esperar. Llena de una desbordante emoción le persignó con un crucifijo que guindaba de un viejo rosario, y que una monja, le regalara, cuando evangelizaban Eyón.

Al despedirse de ellos, Mulé, fue a colgar las preguntas debajo de un palo de mangle que insultaba al sol por su resplandor ¡desconsiderado!

Y surgió la idea de tener certeza de las cosas, aun cando, a veces, las cosas por sí solas... No tenían certeza de sí mismas. Luego, fue relativa la percepción de ellas con respecto a él, y viceversa.

Durante los cinco primeros días después de la

intervención quirúrgica-celestial, su recuperación fue supervisada llevando a cabalidad las recomendaciones dadas en el momento de su de alta. Todas fueron ejecutadas al pie de la letra, como le fue prescrito.

Los dolores constantes que incidían sobre el buen desempeño de sus labores diarias, como por arte de magia, desaparecieron de su cabeza.

¡Mentira o verdad!, ¡con razón o con fe!, se esfumaron sus dolencias viejas pero en el horizonte, la buena nueva, traía consigo una nueva preocupación que no encajaría en su momento de vida...:

La semana siguiente lo despidieron del empleo, aun cuando su esposa explicara el motivo, de su inasistencia laboral. Ahora, con su salud estable y con el porvenir envolatado, se enfrenaban al devenir de sus días sembrados de miedos.

... Y se llenaron de razones vacías para seguir rasguñando con sus dificultades, una manera nueva de subsistir...

A la orilla de una extensa playa, de una lejana isla: ¡Eyón!... Donde jamás, encallaron, los cruceros transatlánticos de sus sueños...

CAPÍTULO 37

Después de la muerte de la Negra y el milagro sin precedentes que experimentara Ney, las cosas siguieron marcadas por los senderos inciertos de los eyonios.

Cierta mañana el albacea de sus historias quiso ir al mar a refrescar las tristezas de sus alegrías. Queriendo hacer en un día, lo que ellos, perfeccionaron en quinientos años: las técnicas artesanales, de su rústica pesca.

Con una gorra cubriendo su cabello nocturno y vestido de blanco —de suéter y pantaloneta—, sin perder el tiempo fue hasta un rincón del patio, agarró anzuelos y nailon, y caminó descalzo hasta la playa; donde las olas del mar estaban en dulce calma, guardando en el lecho marino, los secretos de la vida acuática.

Y clavando la mirada en un pólder o espolón —de los que inventaron los holandeses con el objeto de robarle tierras al mar—, se dirigió justo allá y subió a las calizas y porosas rocas; que en fila india se adentraban al corazón del mar.

Al final del espolón y sobre su última roca, quiso pescar un rato indeleble de contemplación. En ese punto, las olas ya arremetían con mayor fuerza, con violencia se reventaban contra las piedras, y se quebraban en ínfimas gotas de agua que caían sobre él:

Bañando su alma, de humedecida dicha.

El mar, henchido de orgullo, jugueteaba, mostrando el contorno de su acuario profundo...:

Caracoles, estrellas, medusas y caballitos, entre otros, danzaban al paso sinusoidal del agua cristalina.

Era un pesebre de vida acuática hablando del maravilloso mundo húmedo.

Mulé, inmerso en la fascinación, contemplaba esa clase de vida que relata mitológicas historias de existencias, aún desconocidas, y que residen en sus entrañas.

Olvidándose de la gorra, el anzuelo y el nailon, se sumergió en el agua para contemplar el infinito paisaje que anidaba en su dimensión.

Entre verde, azuloso y cristalino, dibujaba el silencio más elocuente que la raza humana pudiere percibir...:

Que manifiesta y recuerda algo...

Cuando sintió la necesidad de respirar emergió de prisa y buscó el elemento vital, que le recordaba, el reflejo de lo que olvidó, dentro del humedal.

Dándole a su cuerpo otro lapso de vida respiró profundamente y llenó los pulmones de razones para seguir dentro del mar, pero, esta vez, con las miradas clavadas en el cielo azul... De nubes blancas y un sol radiante.

Ahí, recordaba ser de él y de su inmortalidad...:

Flotando en las horas caídas del árbol del tiempo.

Siendo nada ante su inmensidad, comprendió, la vanidad y sus despojos.

Olvidado de olvidos, dejó en sus profundidades las cenizas del andar de caminos polvorientos, abrazados por la sed. Lavó sus sombras, rayando, en ellas, pedazos de una luz nueva y perpetua.

Sumergido en el frío del océano, le fibrilaba el corazón al canto de las ballenas y sus ballenatos, y al danzar de las medusas rosadas que abanicaban sus faldas englobadas, derretidas hacia el fondo. Entonces:

"Soñó ¡ser humano!...

Acostado y flotando en algo, que era él...

En algo que eternamente le recordaba la humedad... ¡La abundancia del planeta!

- Que pensaba y encerró el pensamiento en su cabeza pequeña, de cabellos brillantes.
- Que tenía brazos, extremidades y movilidad en ellos.
- Que contenía electrones, átomos, moléculas, órganos y sistemas, que tejen la compleja red de la vida en perfecta sincronía y equilibrio. Y eran, en su conjunto:

¡Un cuerpo!...

¡Un Universo!...

¡Un Dios!...

- Que se hallaba dentro de una piel que lo cubría, para evitar, que se saliera de sí mismo.
- Que se acercaba a lo que se ve, se palpa, se degusta y se oye, pero que no resguardaba..., lo que se intuye.
- Comprendió, entonces, que podía salir y regresar a él, cuando quisiera. Porque el pensamiento, ¡es libre!"

Entregado a eso y al primer instante del instante... En un lugar de la nada:

En un soplo de magia, un pulso electromagnético o en una chispa de vida; sintió unos oídos de perlas, y en ellos, el acuoso y lejano eco de un sonido que le despertara... ¡De un aliento, a recordarse!...

Era la voz de un ser al que llaman: Hombre..., y que decía:

"Mujer de mi alma, hermosa criatura.

En ti dejé las huellas de mis caminos, cansadas

de lunas y espinos.

A ti mujer, la parte de mí, que me une a tu ser.

En ti... Mi pedazo de vida, amor y cariño.

A ti mujer, ¡la luna de mis luceros!"

Y de inmediato escuchó otro sonido o voz con timbre diferente, que exclamó:

"¡¡¡Ay!!!

¿¡Habré quedado preñada!?..."

Y el hombre, al cabo de unos segundos, contestó:

"¡¡Tú, lo has dicho!! ..."

En ese instante, Mulé, recordó que eran ¡sus padres! Quienes, con un beso de sus almas: ¡lo trajeron a la vida!...

CAPÍTULO 38

Sin saber que dormimos en el espejismo de lo que existe y no comprendemos, andamos en busca, de: llegar primero, subsistir, prevalecer y ser los mejores... Sin importar lo que suceda.

Sin sentimientos ni emociones, sin recordar las leyes naturales y divinas, la especie humana va arrasando —sin consideración, ni compasión alguna—, cuanto hay, dentro y sobre la faz de la tierra; que es, por lo pronto, nuestro único lugar.

A diario rompemos el equilibrio del más perfecto e íntimo de los lazos: ¡la Vida!

Por doquier vamos regando la misma sangre, de quien, haya sido y es, lo más sublime de inspiración humana...:

¡Jesús, el Cristo!

Pero volvió a recordar a Charles Darwin con

su teoría de la evolución de las especies, y contempló la posibilidad de que aún seamos espermatozoides en busca de un óvulo sacro... En el vientre de esta inmarcesible tierra.

Será, entonces, imposible caminar sobre un rayo de luz —como lo planteó Albert Einstein—, mientras se sigan desconociendo los más sencillos detalles de la esencia humana.

Perennes, pero olvidadas, para las futuras generaciones, serán la bondad y sabiduría expresadas por: Jesús, Mahoma, Buda, Mahatma Ghandi, y tantos otros maestros de variados credos y religiones, que —vestidos de humanos—, se entregaron en sacrificio por una sola obra... La salvación de las almas.

***

Lejos de las conjeturas pero cabalgando en la simplicidad —durante su paso por Eyón—, Mulé, anduvo en la sobriedad del cuestionarse. Por eso, se detuvo en el pasado —en un instante de regocijo y melancolía—, para despertar en este simulado presente con los mismos sentimientos.

Siempre se vive al olvido de un pasado de mil espejos, ya que, cada día —cuando creemos abrir los ojos—, nos dan sus reflejos, llamados: presente.

Se tejen al azar en diminutas gotas de deseos,

invocando a los venideros días: los del futuro.

Los días vienen vestidos de colores, tallas y formas diferentes. En fin, su diseño varía, pero el sastre es el mismo; y el perfume de las vidas, es igual.

Todo lo anterior se manifiesta y representa por la antítesis de vivir...: ¡Negarse a la existencia!

Cierto día salió de Eyón, agradecido, pero triste, porque viviría en otro lugar; muy lejos de ese mar, ¡su mar!

Despojado de vanidades comprendió que nada cambiaría con el tiempo, a no ser, que: discriminar y menospreciar, sean sólo quimeras dentro de la memoria colectiva. Para que el tiempo, devuelva —como nefastas pesadillas que encarcelan en los laberintos del sueño—, lo más preciado del despertar:

¡La libertad!

Amigo lector... Los hechos narrados, son...:

De la imaginación, ¡lo real!; y aun cuando no ocurrieron, ¡existen!...

FIN

ACERCA DEL AUTOR

DOUGLAS BURGOS es el autor más polifacético y el narrador contemporáneo más confiable.

Además de escritor es filósofo, sanador holístico, músico y poeta.

Su poemario, 20 Poemas del Olvido Y Sus Destierros, abre espacios al surrealismo y a la extemporaneidad de las letras.

Posee una amplia trayectoria como músico interprete, compositor, productor, arreglista y banda musical. Cuenta con dos producciones musicales en el mercado del disco.

La carrera de escritura de Douglas Burgos se caracteriza por demostrar que se puede ascender a la integralidad del ser. Por eso, sus obras prometen ser duraderas.

Actualmente reside en los Estados Unidos de América.

Para una lista completa de libros por

DOUGLAS BURGOS

VISITE

DouglasBurgos.com

Siga Douglas Burgos en Facebook

@DouglasBurgosA

Siga Douglas Burgos en Twitter

@DouglasBurgosA

Siga Douglas Burgos en Instagram

@douglasburgosbooks

www.ingramcontent.com/pod-product-compliance
Lightning Source LLC
Chambersburg PA
CBHW030529020726
47494CB00004B/1277

* 9 7 8 1 7 3 6 9 9 8 7 1 7 *